어깨 위로 떨어지는 편지

어깨 위로 떨어지는 편지

이 기 인 시 집

창비

최하림 선생님 영전에 바칩니다

차 례

제1부

생각지도 않은 곳에서

　오랜만에 생각지도 않은 곳에서 당신을 만났지요
　나는 당신의 등뼈를 본 첫번째 사랑이지요
　당신의 등뼈에 붙은 살이 얼마나 얇은지 알고 있는 사랑
이지요
　그렇게 얇은 삶이 바람에 견딘 것을 알고
　손가락으로 당신의 등을 더듬어볼 수 있도록 허락하신
일과
　뒤돌아서서 날 깨우쳐주신 마른 가슴이 있다는 것을 알
았지요
　내가 처음부터 만질 수 없었던 당신의 몸은 바람이 부는
동안
　내가 사는 골목까지 날아와 기다렸지요
　당신은 그때 젖은 시집 속으로 부끄러워하는 몸으로 들
어왔지요
　혼자서, 납작하게 살아온 당신의 이야기를 어떻게 들어
줄까요
　불빛처럼 아름다운 당신의 이야기를 밤새 읽다가,

몸살

늦봄과 초여름 사이 찾아온 감기가 좀 나아질 무렵

하루 세 번 챙겨먹은 약봉지가 식탁 위에 덩그러니 남아
있다

부스럭부스럭 찾아오신 어머니가 감기를 가지고서 고구
마 줄기처럼 고향으로 내려가셨다

감기가 좀 나았다는 소식을 듣고서 소나기가 좀 억세게
오는 것 같다

윗목에 앉아 억세게 비를 맞고 계신 큰 잎사귀의 몸살을
본다

흐린 창문 밖으로 보니

　과일장수는 사과에 앉은 먼지를 하나하나 닦아준다
　사과는 금세 반짝반짝 몸의 상처를 찾아낸다 몸의 중심
을 잡는다
　사과 위에 사과를 사과를 사과를 올려놓으면서
　한 바구니의 사과 일가가 행복한 표정을 짓는다
　그 앞으로 코가 빨개져서 서로 웃고 지나가는 가족이 보
인다
　흐린 창문 밖으로 저들의 무릎이 더 반짝인다

뭉쳐진 숨소리

등 긁는 효자손 배고픈 등을 긁다 뼈를 긁다 네 벽의 조용함을 긁긁 긁다

눈먼 감자의 뇌를 수저로 긁긁 긁어놓는다

잊었던 숨을 다시 잇고 감자가 입안에서 으깨어지는 소리를 자세히 긁긁 집어삼킨다

'배고프다'

뜨거운 감자에 쇠젓가락이 달려가 꽂히는 소리가 긁긁 긁긁

극적으로 감자의 세계 끝까지 밀고 나아가서 쇠젓가락이 빠져나온다

감자를 쥔 손이 그의 양식을 한 손에 들고 있다

배고픔으로 뭉쳐진 감자의 숨소리가 모락모락 김을 뿜어낸다

감자 먹는 사람들의 동그란 그늘이 뜨겁다

지붕 위의 살림

검은 지붕에 이름을 알 수 없는 꽃이 필 때
붉은 고무대야에 수돗물을 틀어놓고 찌든 이불을 치댈 때
흰 구름이 지붕을 덮고 나무를 덮고 마을을 덮고 지나갈 때
까칠까칠한 수염의 가장이 숫돌에 칼끝을 문지를 때
지붕으로 뛰어올라온 닭이 벌어진 꽃의 이름을 캐물을 때
기둥에 매달아놓은 옥수수 종자가 아장아장 아이에게 말
을 걸 때
둥근 집의 살림은 댓돌 위의 신발처럼 늘어났다

줄기가 자라는 시간

일을 찾아서 북으로 가는 이의 남쪽으로 열려 있는 현관
그 문가에 쪼그리고 앉아 사글세를 사는 화분
그 속에서 한줌 햇살과 흙을 얻어 잎사귀를 키우는 토란
잎사귀, 귀는 아직 세상사를 알아듣기에는 얇아 보이고
계속 자랄 것 같은 토란 줄기 가랑이는 찢어진다
북으로 가는 줄기는 남으로 가는 줄기보다 짧고
남으로 가는 줄기는 북으로 가는 줄기보다 가늘고 아프다
둥글넓적 잎사귀를 들고서 스러질 듯 스러지지 않는 줄
기의 시간이 자란다

일을 나간 이가 돌아올 때까지 가늘게 흔들리겠으나 주
저앉기는 싫다는 토란 줄기의 약속!

토란잎 줄기는 휘어져서 땅으로 내려와 쉬고 싶어 죽겠다

실내화

　먼지를 닦는 청소부의 중얼거림은 두 짝

　앞으로 걸어간 걸음은 책상 위에 펼쳐진 의료용 기구를
정리하며 말없이 아프다

　뒤쪽으로 돌아간 걸음은 환자들이 떨어뜨린 먼지를 조용
히 줍는다

　조용히 닳아 없어진 삶의 유혹 때문에 청소부는 매월 삼
십만원을 받으며

　책상 위에서 시들어가는 장미의 불안을 본다

　매일매일 닦아주는 실내에서 밖으로 나가보지 못한 실내
화의 슬픔에 발목을 넣는다

　청소부는 청진기가 놓인 책상 아래 원장님의 실내화가
정박해 있는 곳으로 떠내려간다

　먼지는 그곳으로도 와서 매일매일 살림을 차린다

　청소부는 나란히 앉아 있는 실내화의 정적이 느릿느릿
다가오는 것이 느릿느릿 무섭다

　몸을 숙여서 끌고 가는 실내화의 아픈 발끝으로 그의 새
벽 미열이 내려와서 뜨겁다

달의 공장

공장 밖으로 심부름을 나온 달빛
심부름을 나온 바람,
심부름을 나온 소녀가 슈퍼에서 쪼글쪼글한 귤을 한 봉
지 산다
슈퍼 주인 할아버지가 자기 방식으로 귤을 센다
늘어진 전깃줄에서 나온 백열등이 귤을 또 센다
초코파이가 들어와 부풀어오른 비닐봉투 배가 불룩하다
'이게 모두 얼마예요' 그래서 '이게 모두 다 얼마예요'
'이게 모두 얼마예요'와 '이게 모두 다 얼마예요'라는
말을 들은 귤과 초코파이의 몸이 욱신욱신 속이 상해서
비닐봉투에 들어 있다
자정이 넘어서 귤을 벗기고 있는 소녀와 소녀를 벗기고
있는 기계소리가 아프다
'오늘밤이 지나면 얼마를 줄 거예요?'
귤을 벗긴 이의 손톱은 달을 파먹은 것처럼 노랗게 물이
들었다
무심한 달빛이 공장 지붕을 아프게 지나간다

할미꽃 한 송이

빈집 마당에

돌처럼

겨울잠에서 깨어난 할미꽃 한 송이 마실 나온 것처럼 앉아 있다

재개발지역의 주소지로 개미떼가 연합군처럼 기어올라간다

할미꽃 그늘 속으로 들어간 이슬 같은 가족들은 이제 어디로 가서 소식을 보내올까

반쯤

눈 감은 개가 신발 한 짝을 어디서 물고 와서 짖는다

조용히 우편물처럼 온 이가 할미꽃 등뒤로 기울어진 담을 보고 있다

얼룩덜룩 젖은 고지서를 보고 있다, 빈집의 고요를 덜컹 닫은 이가 와락 겁을 먹는다

낮에 나온 달이 희뿌옇게 사라지다 감은 눈을 뜨고서 재개발지역으로 차츰 올라온다

아프게 휘어진 한줄기 빛이 할미꽃 등을 토닥토닥 깨운다

새록새록 아야 아야 어서 죽어야지

하얀 머리칼의 뒷모습이 뒤돌아보지 못하고 할미꽃으로
피어 있다

사람들이 떠난 집에 기다란 숨을 풀어놓고 계신다

생의 한가운데로 떨어지는 빗소리

이런 의미는 아니었는데 아니었는데 하는 미련의 저녁
문밖의 빗소리 출렁출렁 귀로 넘치고
오래된 둑을 무너뜨리고
못생긴 돌멩이와 땅에 박힌 나무뿌리를 뽑아가지고 어데
로 간다고 출렁출렁 비가 온다
이런 의미는 아니었는데 이런 의미는 아니었는데 아프고
아프다고
돌멩이와 나무뿌리가 뽑혀서 질질 끌려가지 않으려고
한다
먼 데 사는 이의 집이 많이 젖을까 싶어 텔레비전 화면을
틀었을 때
비 맞은 현대식 건물에서 정규직이 아닌 이들이 와르르
어데로 가라고 빗물처럼 쏠려나온다
이런 의미는 아니었는데 아니었는데 빗소리가 이상하게
내 집 지붕 위로도 떨어진다
울음소리와 신음소리와 웃음소리의 구별이 힘들어진 늦
은 저녁 빗소리
밤새 차가운 지붕을 둥둥 두드린다

마른 눈동자의 정규직 아닌 이들이 나의 한가운데로 떨어지는 빗소리 속에서

잠이 또 깬다

검은 발자국 한 켤레

노란 안전모 속에 아이의 돌사진을 넣고 다니는 사람
죽은 엄지발톱을 빼버리고 새 발톱을 기다리는 동안에도
무릎을 꺾고 등딱지가 딱딱한 한 마리 게처럼 철근을 메
고 아슬아슬 걸어간다
아직 난간을 만들지 못한 작업장의 모서리에 기대 담배
연기와 기침으로 중심을 잡는다
스윽 옆구리를 스치는 바람소리에 한 잎의 발바닥을 허
공에 아슬아슬 올려놓는다
기우뚱, 바람을 붙잡지 못한 새가 잠시 빈혈을 앓듯 하늘
을 날다
아무런 이유도 없이 하늘을 발에 꽁꽁 묶고 땅으로 떨어
진다
(아무런 이유도 없이 저 적막의 하늘을 껴안고 뛰어내린
아이의 아버지는 어디에도 없을 것이다)
이슬처럼 잠시 젖었다 일어난 인부들의 엉덩이엔 붉고
검은 녹이 묻어 있다
저 멀리 날아간 새들의 풍경 속으로 인부가 버린 빵봉지
가 불안을 데리고 뛰어내리려 한다

빵봉지가 초고층 빌딩 공사장에서 하늘하늘
　공사장 흙먼지 아래로 떨어지는 저 검은 발자국 한 켤레,
　부웅 내려오다 흙먼지를 다시 딛고 하늘로 튀어오른다
　난간을 붙잡지 못한 빵봉지의 영혼이 뜯어져서 눈이 부
시게 아름다운 날
　눈이 매워서 허공을 볼 수 없는 바람이 불어온다

송곳이 놓여 있는 자리

저녁에 동그란 상처를 가진 이들이 모여들었다

누군가 라면상자에서 꺼낸 서류철을 보며 그들의 이름을 하나씩 부르기 시작한다

송곳으로 뚫어서 묶어놓은 명단의 이름은 긴 밭고랑처럼 길고 순하다

송곳 하나 후빌 땅이 없어서 마음에 구멍을 하나씩 만들고 죽은 사람들이다

이제 이들은 죽어서 검은 표지의 송곳 구멍을 하나씩 갖게 되었다

나는 오늘 송곳 끝에 매달린 빛을 보다 붉은 핏자국을 하나 떨어뜨렸다

저녁 하늘에 뚫어놓은 수많은 구멍의 빛을 보다 책상 위의 핏자국을 하나 지운다

구멍이 많은 하늘이 빛을 흘리고 있다

때수건

파도를 넘어온 몸이 돌처럼 앉아 있다

그 까만 몸이 초록색 때수건을 손바닥에 끼고 가슴을 문지른다

국적을 알 수 없는 슬픔이 찔끔거리다 쏴아아, 샤워기 꼭지에서 흘러나온다

비참하게 긁어놓은 근육을 그는 한 바가지 찬물로 깨우고 싶다

쪼그만 동네 목욕탕에서 바가지처럼 둥둥 떠 있는 슬픔이 졸졸졸

외국인 노동자가 많은 도시의 하수구로 흘러간다

서글픈 면도날에 베인 얼굴은 지게 같은 제 등짝을 씻으러 그의 까맣고 붉어진 몸 옆으로 떠듬떠듬 다가간다

때수건을 낀 사람들 사이의 젖은 눈빛이 금간 타일 바닥에 비칠 때가 있다

퉁퉁 부은 몸으로 비누처럼 웃을 때가 있다

돌 깎는 사람

　사거리 한적한 귀퉁이에서 돌가루를 뒤집어쓴 돌
　돌부처와 돌예수와 돌사자와 돌코끼리와 돌소녀가 한 반
의 아이들처럼 놀고 있다

　울타리가 없는 석재상 마당은 절이었다가 교회였다가 아
프리카 들녘이었다가 수줍은 소녀가 사는 외딴집으로 변
한다

　한 반의 아이들이 지키고 있는 돌 부스러기는 염주와 묵
주와 털과 상아와 젖가슴이 되지 못하고 빛의 산란을 일으
킨다

　콜록콜록 돌 깎는 사람이 오래된 기침을 하면서 한 반의
아이들에게 오래된 전식을 가르친다
　오래 입은 옷이 해지는 것을 가르치고 그 옷을 기워입는
것을 가르친다

　작은 돌에서 더 조그맣게 떨어져나온 돌을 오래오래 보

는 눈빛을 가르친다

　아픈 몸을 끌고 가면서도 가끔은 되돌아보는 눈빛을 가
르친다

소금꽃

그날에

당신의 생일을 축하하러 가지 못한 것은 공장에 피어 있는 꽃 생각 때문이네

오직 나를 위해 피어난 꽃그늘이 있는데

그 꽃들은 생일도 없이 한줄기 꽃으로 혼자서 피어 있네

일하는 사람의 젖은 작업복을 보면서 한나절을 걱정한 적 있는데

그의 등에 소금꽃이 하얗게 핀 걸 나중에 나중에야 보았네

등에 핀 꽃을 보지 못하였던 이, 밥풀 냄새 나는 젖은 가슴만을 안고서

그날에

버석버석한 웃음 흘리며 한송이 꽃처럼 흔들, 흔들거렸네

그날에 그의 생일을 축하해주러 온 이는

공장에서부터 따라와 그의 등에 미안하게 앉아 있는 하얀 소금꽃이었네

거품

만성피부염을 앓으며 공장을 돌아다닌 신발은 이제 괴로운 가려움에서 벗어났다

붉은 심장소리를 안고 엄마, 하고 엄마에게 가고 싶었다

공장에서 공장으로 떨어진 이는 파도 앞까지 와서 무릎을 꿇었다

구름의 이마가 찢어져서 흘러나온 피는 바다와 쉽게 섞여버렸다

기계가 멈췄을 때처럼 사람들은 바닷가로 모여들어서 웅성거렸다

누군가 낡은 슬리퍼를 한 짝 주워왔다,

익사체의 퉁퉁 부은 발은 그 작은 슬리퍼를 신을 수 없었다

이름을 알 수 없는 작은 게들이 흰 거품을 물고 검은 바다 속으로 사라졌다

살아 있는 동안 거품을 물고 살았던 이의 자국이 물결에 스윽 지워지고 있다

어깨 위로 떨어지는 사소한 편지

균형을 잃어버린 내가 당신의 어깨를 본다

내일은 소리없이 더 좋은 일이 생길 것 같다

나는 초조를 잃어버리고 당신이 생각하는 대로 더 좋은 표정을 지을 수 있다

첫눈이 쌓여서 가는 길이 환하고 넓어질 것 같다

소처럼 미안하게 걸어다니는 일이 이어지지만 끝까지 정든 집으로 몸을 끌고 갈 수 있을 것 같다

나를 닮아가는 구두짝을 우스꽝스럽게 벗어놓을 수 있을 것 같다

밤늦게 지붕을 걸어다니는 고양이의 울음소리를 가만히 껴안아줄 수 있을 것 같다

벽에 걸어놓은 옷에서 흘러내리는 주름 같은 말을 알아듣고

벗어놓은 양말에 뭉쳐진 검은 언어를 잘 펴놓을 수 있을 것 같다

매트리스에서 튀어나오지 않은 삐걱삐걱 고백을 오늘밤에는 들을 수 있을 것 같다

요구하지 않았지만 당신의 어깨는 초라한 편지를 쓰는

불빛을 걱정하다가

　아득한 절벽에 놓인 방의 열쇠를 나에게 주었다

　자기중심을 잃어버린 별들이 옥상 위로 떨어지는 것을
본다

　뒤척이는 불빛이 나비처럼 긴 밤을 간다

아픈 몸을 깨우쳐주신

엉덩이와 엉덩이가 붙은 이인용 의자를 만들고 싶어 뚝
딱뚝딱 의자를 만들다

악 손톱을 찧고 말았네요

그러니까 그이가 갑자기 내 손목을 확 잡아채서 그런 거
예요

억세게 살아온 쪽은 알고 있죠 잡아당기는 쪽이 싫지 않
으면 그쪽으로 끌려가는 거

아프게 살아온 날짜를 잠시 셀 수 없게 된 새끼손가락은
보랏빛 구두를 신고

당신 쪽으로 호호 불어달라고 달려갔죠

호호 아픈 손가락을 입속에 넣고 아팠죠 하고 빨아주던
혀는 지금

푸릇푸릇 고목에 핀 새순을 쪽쪽 빨고 있네요 이쪽도 좀
빨아주세요

생각해보니 오랜만에 싫지 않은 멍을 하나 얻었고요 바
깥출입을 하게 되었네요

그 아픈 손톱을 들여다보며 이제 그 새끼손가락이 한 약
속이

조금씩 흔들려서 곧 빠질 줄 알았죠

여러 날 싫지 않은 불면이 오고 가버리고 아픈 몸을 겨우 겨우 깨우쳐주신 손톱이 빠져나가고 있어요

붓자국

비단에 먹이라는 옛 그림을 한 점 사귀었다

나룻배가 긴 강물 위로 먹먹하게 흘러가는 그림 한 폭

사공은 강물에 무얼 빠뜨렸는지 노젓기를 멈추고 강물을
그윽이 보고 있다

사공도 처음엔 그들처럼 무시되었던 풍경이었으리라

시간이 흘러서 피어나는 풍경이 있으리라

지워진 풍경이 물 위로 뜨는 풍경이 있으리라 풍덩!

한평생 강물 소리를 듣는 사공의 가슴엔 먹먹한 빛이 지
금 강물보다 깊다

한 획 붓질의 노동이 건너야 할 강물을 휘젓고 있다

제2부

아프지 않아요
뿌리

화분 속에서 누구의 잘못인지를 가려내지 못한 채로
끊어진 붓질 한 자락 같은 줄기로, 줄기 같지 않게 가늘게
말라가는

허브의 맨 끝자락을 들여다보면서 허브라는 향기를 한
자락 기억하고 싶었지요
참 무수한 기억이 얽혀 있는 뿌리와 뿌리가 동거하는 동
안의 몸부림처럼

화분에서 숨을 죽이고 있던 이야기가 꺼내져나왔지요
숨을 죽이면서 사랑을 배우고 싶은 이의 마음이 얽혀 있
는 거 같았지요

화분을 뒤집었을 때 그이의 심장을 닮은 조약돌이 와르르
새끼를 쳐서 한 주먹 쏟아져나오는 줄 알았지요 당신은
그랬지요

환한 햇빛 한 자락 모서리를 보면서도 이제까지 아프다

고 말하지는 못했지요 당신은 그랬지요

　나비를 기다리는 당신을 사귀고 싶어서 분(盆)을 옮겨심는 손바닥이 바쁘지요

　열 손가락 끝 손톱에는 검은 밤을 흘러나온 흙이 새어들어갔지요

　누구의 잘못인지 모르는 마른 허브 줄기 한쪽, 잎사귀 떨어진 귀가 아직 시렵지요

　허브 향이 손가락을 벌려 휘어진 그늘을 오랫동안 놓치지 않으려고 하지요

　참 멀리 그이의 향기가 묻어 있는 어깨를 쫓아다니는 것 같아요

아프지 않아요

구름

지나가는 버스 끝을 놓치고

버스의 맨 뒷좌석에 앉은 이의 슬픈 얼굴을 놓치고

오래된 실밥 무늬의 자국을 가끔씩 더듬어보는 아이가
말한다

"햇빛 뒤에 하늘이 있어요, 그런데 저 구름은 무릎을 꿇
고 있는 모양이에요"

아주 오래전에 심혈관쎈터 병동으로 들어가는 아이의 침
대를 보면서

구름처럼 무용(無用)하다고 생각했던 두 무릎을 꿇고서

웃는 아이의 얼굴을 다시 보여달라고 비스듬히 땅에 스
러져서 운 적이 있다

하늘의 구름은 하얀 붕대를 풀고 하얀 병실에서 퇴원하
고 싶다

햇빛 뒤에 옹기종기 모인 구름은 이 세상 심실과 심방의
구멍을 하나씩 메우고 있다

"무릎을 꿇었던 구름이 무릎을 펴고 일어나서 걸어가요"

버스의 끝을 좇는 아이와 구름은 희소한 무늬를 함께 가
지고 있다

나로부터 도망칠 수 없는 한몸의 무늬를 가지고 있다

엄마 꽃

물 한 모금 나눠주고 싶은 선인장에서 꽃망울이 하나 터
져나왔지요

이 수 수 수많은 가시 옆자리에서 아이는 무슨 생각을 하
였을까

그렇게 까닭이 없이 피어난 꽃을

밖에서 놀다가 깨진 무릎의 상처를 껴안고 돌아온 아이
가 빨간 약을 들고서 쳐다보았지요

사랑에도 까닭이 있을 수 없지요 그렇지요

그래서 아이에게는 엄마에게로 향하는 슬픔이 없지요

가시에 한쪽 눈을 찔린다 하여도 까닭이 없는 사랑이 있
지요

까닭 없이 피어난 한 송이 꽃을 그렇게 수 수 수많은 가
시가 지키고 있는 것을

아이의 아픈 무릎이 지켜보고 있지요

할머니와 함께 자라는 아이에게는 아직 엄마라는 말이
없지요

그래서 아이는 아직 엄마라는 말 옆에서만 잠이 들지요

무어라 부를 수 없는 꽃이 가시 속에서 한 송이 까닭 없

이 피어나버렸는데
　아이의 엄마는 아직도 까닭이 없는 아이에게서
　아주 멀리 떨어져서 꽃이 피지요

길에 서 있는 농부

화덕으로 들어온 숯이 붉은 두 눈을 뜨고서 대장장이를
하염없이 쳐다본다

호미 한 자루와 내 두 눈을 바꿔주이소

호미를 든 할머니가 할 이야기가 있다고 큰길을 가로막
고 섰다,

그의 가축들이 선한 눈망울로 오래된 가족처럼 울고 싶
어한다

땡볕 아래 서 있는 쭈글쭈글한 몸이 타닥타닥 숯처럼 타
들어간다고

어느 이름없는 가축이 먼저 비명을 지른다

침묵 속에서 깨어져나간 슬픔을 본다

어루만지는 돌의 침묵 속에서 깨어져나간 슬픔을 본다

바람이 불면 어데서 온 빛깔이 이렇게 아름다울까, 잎사
귀처럼 사람들이 붐빈다

서럽게 아름다운 꽃잎이 무성해서 못생긴 상처의 돌들이
잘 보이지 않는다

아슬아슬한 꽃잎 사이로 날아가는 나비의 허공 아래로

소포처럼 와서 불룩하게 앉아 있던 기념석이 툭 갈라 터
져서 좌르르 길바닥으로 쏟아진다

껌벅껌벅 졸던 돌의 뒷목에서 흐르는 땀을 병정개미들이
순찰을 돌며 마주친다

까딱하지 않고 참 오래 버티고 앉아 있던 이의 서러운 투
쟁은 보랏빛 수국처럼 휘청 무겁다

고개를 떨어뜨린 자의 기다란 울음은 돌처럼 깨어져나가
는 슬픔을 놓아준다

내일은 지루하지 않을 것이다

새 한 마리 멍든 하늘을 날아다닌다, 아픔이 많은 하늘
이다

쇠파이프를 옆에 놓은 이는 꽃잎 위로 떨어지는 빗소리
를 고요히 듣는다

총총히 빛나는 별을 용접기로 뜯어낸다

탄피처럼 쏟아지는 빗물은 쇠파이프를 잡은 손의 감각을
용서하라고 한다

흔들리는 별빛을 장전한 이는 찌그러진 가슴을 자꾸 펴
본다, 돌아오라 내 가슴아 탕 탕 탕,

녹슬어가는 공장의 지붕 위를 빗소리 타다닥 뛰어가서
몸을 낮춘다

가늘고 긴 목과 어깻죽지를 겨냥한 이의 눈알은 성난 무
늬를 닮아간다

내일은 지루하지 않을 것이다, 내일은 질퍽하지 않을 것
이다

처마에서 떨어지는 빗물은 따끔거리지만 수면 위의 꽃을
둥글게 피운다

어둠 속의 무릎은 으르렁거리는 어둠을 한 마리 데리고

있다

　어깻죽지를 펴고 목을 빼고 더 멀리 날아가는 돌멩이의
연륜

　그들은 주먹밥 같은 돌멩이를 쥔다

　늘어진 파업을 등에 업은 돌멩이가 길바닥으로 날아간다

공가(空家)

오래된 골목의 장난인가

바람이 바람을 데리고 와서 붉은 스프레이로 쓴 담벼락
의 글씨를 읽고 간다

"공가"

주인을 잃어버리고도 죽죽 줄기를 뻗은 토란잎 위로 가
족처럼 모인 물방울 하나가 온종일 말라간다

이제는 바람과 함께 어딘가로 떠나가고 싶다

빈집 앞 아침부터 계속 한자리에 앉아 있던 노인은 의자
를 들고 담벼락 속으로 들어가고 싶다

이 집에는 정말로 아무도 없나? 공가는 무거운 그림자를
데리고 온 택배 직원에게 돌아가라고 한다

택배 직원은 스러져가는 담벼락에서 나온 그림자를 부축
하며 떠나간다

새들이 한차례 소나기처럼 날아와 빈집 지붕을 공가 공
가 공가 쪼다 날아간다

어른 키만한 글씨가 공가 공가 공가 앞집 뒷집 서로 부딪
치며 아픈 세간의 눈을 멀게 한다

오줌줄기처럼 휘갈겨쓴 글씨에는 한 졸부의 장난기가 묻

어 있다

　온종일 공가를 지키던 노인은 저녁이 되어 공가의 흐린
창문을 닫고 검은 별빛을 닫는다

　어슬렁어슬렁 뉘 집의 누렁이는 오래된 골목의 초입에
똥을 누고 앉아서

　자기 집이라고 컹컹 밤새도록 울어지친다

　저 멀리 한낮의 집을 때려부순 굴삭기는 달빛 아래서 두
꺼운 등짝을 식히고 있다

　조용한 노인의 잠을 파먹기 위해 아악 입을 벌리고 있다

면도기

　일하던 사람의 침묵은 파초 잎사귀 가운데 모인 물방울
처럼 마당으로 떨어진다
　허리가 뻐근한 그는 마당에서 여름 한철 엉킨 수염을 잡
초 뽑듯 뿌드득 뽑아낸다
　추리닝을 벗은 그는 농약 한 포와 영양가 많은 햇빛을 사
러 나가는 행장으로 조용한 거울을 들여다본다
　외양간의 소 울음소리에게는 오늘 너무 서럽게 뿔을 세
우지 말라 이른다
　앞산의 구수한 풀을 베어다 네 앞에 부려놓았으니 큼큼
소똥 냄새만 맡지 말라고 위로한다
　일찍이 품위를 잃은 똥파리가 나도 따라갈래요, 짝이 뒤
바뀐 고무신을 신고 나와서 그의 녹슨 자전거에 앵 날아와
붙는다
　인자하신 성직자의 얼굴로 지붕에 앉은 호박이 개굴개굴
신도와 나비와 벌들에게,
　주말의 성경말씀처럼 은총의 커다란 잎사귀를 허락하시
듯이
　오늘은 일만 하던 그에게 외출을 허락하신다

초록의 잎사귀가 빛처럼 불어난 마당에서 물기를 말리는 면도기는 반짝하고 금속성 웃음을 흘린다

그이도 그 무렵 그녀 앞에서 둥실둥실 떠서 웃음을 떨어뜨린다

그의 쟁기 끝 붉어지는 이빨도 아슬아슬하게 녹을 뜯으며 웃음을 함께 흘린다

서러운 새벽 잠꼬대에서 삐져나온 꺼칠한 수염이 그의 웃음 속에서 촘촘히 다시 자라나온다

농약 꾸러미 옆에서 홀로 핀 꽃처럼 웃는다

불붙은 장화

일자리를 잃은 장화가 언 논둑에 버려졌다

후줄근한 몸은 어느덧 살냄새를 태우는 콩대 쪽으로 걸어가고 싶었다

날이 추워서 불빛을 겹겹이 껴입지 않을 수가 없었다

이대로라면 소박한 삶을 놓치고 싶지 않은 잎사귀까지도 태울 수 있었다

불씨를 옮기는 바람이 더 커지지 않을까 겁이 났다

논둑의 흙은 뜨거운 이마로 하늘을 올려다보았다

한때는 미친 것처럼 알알이 검은콩을 토해낸 적 있었지?

콩대에 매달린 둥글둥글한 자궁이 금동사리암처럼 반짝거렸다

낮은 구릉 도지(賭地)에서 놀던 새들이 한점 빛을 안고 검은 묘지 쪽으로 날아갔다

불붙은 땅으로 주저앉은 장화를 보는 눈이 뜨거워졌다

얕은 땅에서 파내어진 콩뿌리는 금서(禁書)처럼 타다 말았다

논물이 빠져나오는 듯 장화는 오랫동안 슴벅거렸다

물렁한 몸에 차 있던 오래된 노동을 죄다 쏟아내고 있었다

언 논둑의 눈물이 검은 발자국에 달라붙고 있었다

첫눈은 간밤에 너무 많은 슬픔을 사냥하였다

희끗한 골목길

간밤에 내다놓은 신문지 한 묶음의 자리가 두꺼운 침묵
으로 있다 사라져버렸다

그 텅 빈 자리가 붕대를 풀어내고 보는 환부 같다 살 밖
으로 삐져나온 흰 뼈 같다

비루한 생의 모서리를 스쳐간 걸음이 그 앞에서 고개를
숙인 듯 동그랗게 얼어 있다

이 희끗한 삶의 상처를 한번 물리쳐보자고 할머니 한 분
이 빗자루를 들고 나오셨다

회색빛 바닥에 스러진 발자국을 눈과 함께 탁탁 털어서
뜯어내고 계셨다

콜록콜록, 전깃줄에서 현기증처럼 떨어지던 발자국이 이
국의 국경을 넘어가는 걸음처럼

바람 속을 수상히 걷다 오후 늦게 중심을 잃어버리고 저
녁노을을 사랑하다

탕! 총을 맞은 걸음이 뇌수를 흘리고 자빠져서 언 발자국
을 하나 부축하였다

집에 어서 가지 못하는 걸음이 회색의 길바닥에서 얼어

붙은 것 같았다

　첫눈은 간밤에 너무 많은 슬픔을 사냥하였다 도처에 내
린 눈이 희끗하다

　눈이 내린 길바닥은 온통 하얀 붕대를 친친 감고 있다

돌다리

돌다리 쪽으로 유모차와 함께 나온 붓꽃무늬 치마가 걸음을 멈춘다

아직 돌다리를 건너가지 못한 젖은 걸음이다

돌다리 옆에서 햇빛처럼 앉아 있는 노인에게 새끼손가락만한 목도장을 하나 판다

돌다리 저 푸른 수심에서 떠오르는 빈곤이 누구네 집 가여운 아기 이름 같다

목도장은 노루 울음소리처럼 아프게 만져지고 아프게 파진다

완두콩만한 멍울을 대낮처럼 하얀 종이 위에 굶주린 듯 여러 개 찍어본다

돌다리지점 은행 쪽으로 녹슨 유모차 바퀴소리가 덜덜덜 주저앉는다

기다란 대출상담 번호표를 뽑은 손이 돌나리 난간을 놓치고

물살 아래로 아래로 퐁당 떨어지고 싶다

'그러나 살아야지' 출렁출렁한 햇빛이 어깨를 툭 치며 이웃처럼 웃는다

붓꽃무늬 치마와 유모차 바퀴가 길의 틈바구니에 낀 민
들레처럼 앉아 있다

갑자기 잠에서 일어난 아기 울음소리가 서러운 빛깔의
돌다리를 건너간다

어디서 쓸려온 사람들일까, 돌다리 쪽으로 흙물을 묻히
고 모여든 사람들

이제껏 흘려보지 못한 울음을 돌다리 아래로 한주먹씩
흘려보낸다

빗자루 이력서

지붕 아래로 염려의 고드름이 떨어진 날이기도 하다

어떤 염려는 빈방에서 새까만 밤을 지새우고 마당으로 일찍 나와 있다

빗자루는 한평생을 박애주의자로 살아오면서

어두운 집의 벽에 기대어 힘을 잃어가고 있었다

그는 마당을 나와서 한 박애주의자의 정신을 땅바닥이 파이도록 써보았다

빗자루는 한평생을 조그맣고 보잘것없는 것을 쓸며 무릎을 꿇었다

그는 닳은 빗자루 끝이 쓸어모은 오돌토돌한 돌멩이를 한가족처럼 들여다보았다

사금처럼 빛나는 이야기가 비좁은 마당에 씌어 있었다

지난해 기침소리와 함께 해고통지를 받은 이는 새끼줄처럼 기다란 이력서를 썼다

아파트 경비원이 되고 싶어서 꾹꾹 공장 수위가 되고 싶어서 꾹꾹

눌러쓴 이력서를 꼬르륵꼬르륵 배고픈 편지봉투 속에 넣어두었다

혹시나 그의 이력에 구김이나 생기지 않을까, 책갈피 속에 아득히 묻어두었다

(그는 이력서가 든 책을 베고서 깊은 잠을 잘 수가 없었다)

빗자루가 말끔히 쓸어낸 마당은 빗자루의 새 이력서가 되기도 하는 아침

그는 의례적으로 볼펜을 책상 위에 내려놓듯 빗자루를 집의 벽에 기대어놓을 수 있었다

마당에 뿌리를 내릴 것 같은 오래된 빗자루를 걸쳐놓은 집은 조용했고

가난한 집으로 새들이 날아와 빛처럼 발자국을 여럿 남겼다

그렇게 발자국을 남기는 새들 중에는 동맥이 끊어질 듯 아프게 지저귀다 날아간 새들도 있다

무릎이 다 닳은 빗자루는 그의 육친처럼 벽에 기대고 싶었다

벽에 기대어 마당의 깊다란 핏자국을 읽다가 마당 쪽으로 툭 쓰러지고 싶었다

조롱

한 됫박의 곡물이 팔려나가고 다시 한 됫박의 곡물이 붉은 고무대야 속에 무릎을 꿇고 있다

온종일 벗어놓은 마음이 저녁에 이르러서 거뭇해진 곡물의 눈과 마주친다

콩깍지를 툭 까고 나온 달빛은 검버섯이 핀 그녀의 손등을 지나서 곡물 쪽으로 흘러넘친다

오늘 팔리지 않은 곡물은 삼등 선실을 기웃거리다 두둥실 갑판 위로 올라간 저녁별 냄새를 풍긴다

곡물자루 주둥아리에서 쏟아지는 파도소리가 쏴아 그녀의 마른 가슴을 적시며 보랏빛 무늬를 새긴다

귀가 점점 어두워지는 됫박은 그녀의 지문과 체취로 지어진 오두막처럼 불그스름한 불빛을 켜고 있다

그 오두막 위로 떨어지는 빛은 수수알갱이보다 작은 고요를 열심히 빼끔서린나

붉은 고무대야 속의 이 사려깊은 양식을 훔쳐내지 못한 빛은 어두운 바닥으로 내려와서 집으로 가는 길을 밝힌다

이 어두운 시장바닥에서 멍하니 있는 빛을 그녀의 허리는 힘들게 줍는다

조롱 속 새가 빛을 쪼기 위해 발뒤꿈치를 들었다 놓는 것
처럼
　뒤뚱거리는 그림자가 온종일 구겨져 있던 근육을 힘껏
잡아당긴다
　조롱 밖으로 나온 새가 검은 공기를 뚫고 지나간다

미지근한 걸음

강요(强要)로 접혀 있는 담요 위로 일흔의 노인이 몸뻬를 입으시고 미지근하게 눌어붙어 있다

열무 다섯 단 손님이 지나가시다 말고 가만가만 지나온 걸음을 돌려 비릿한 생선가게로 흠흠흠 걸어가신다

튀어오르는 물고기처럼 노인이 벌떡 일어나시고 붉은색으로 헐어버린 고무대야 속으로 살얼음을 깨뜨리고 들어가시듯 한다

기력을 다해 비단폭을 잡은 것처럼 물고기를 고마웁게 들어올리신다

으슬으슬 도마 위 빗금에 물고기의 뜬 눈을 누이시고

비늘을 입은 몸통과 가려운 잎사귀 모양의 꼬리를 나란히 누이시고

오후의 늦은 햇빛이 오줌 마려운 듯 노인의 어깨를 톡톡 등을 톡톡 깨우고

손에 쥔 칼의 희고 차가운 빛으로도 한줄기 뿌려진다

(파르르, 칼의 깊숙한 문장을 받아적은 물고기는 금세 세 토막의 눈물이라는 하나의 문장을 꾸욱 삼킨다, 까만 비닐봉투엔 피 묻은 문장이 볼록하게 담아졌다)

세 토막의 눈물을 데리고 퍼석퍼석 버릇없이 큰길을 따라나온 걸음이 퍼석퍼석 퍼석퍼석

  한 걸음이 길의 끄트머리에서 웅성웅성 '우리의 생존권을 보장하라' 펄럭이는 천막을 마주하고 섰다

  흙처럼 모인 사람들 사이로 시퍼런 바람 한주먹이 비집고 들어가서 그들의 울음주머니를 더 부풀린다

  철거를 앞둔 미지근한 마을의 입구에서 물컹한 세 토막의 문장을 들고 마냥 서 있는 걸음

바닥에 피어 있는 바닥

스러진 자의 잠이 바닥에서 그를 부둥켜안고 있다
스러진 날이 있어서 스러진 사람이 있어서
그 바닥으로 떨어진 잠을 더 곤하게 바라보고 있다
그 바닥에 자세하게 갇혀 있는 이의 바닥을 한참 바라본다
그 바닥에 귀를 기울이면 그 바닥에서 일어나 더 깊은 바
닥을 부르는
어떤 낮은 바닥의 웅성거림이 들려온다
손바닥을 가져가 그곳을 어루만지고 있으면
더 낮은 바닥에서 올라오는 따뜻한 입김을 한줌 받는다
더 낮은 바닥에서 흘러나오는 눈물을 따라서 굴러간다
더 낮은 바닥을 위로하는 더 낮은 바닥이 함께하고 있음
을 느낀다
저 저 한없이 낮은 바닥에서 더 낮은 바닥을 향해 뿌리를
내리는 꽃!
바닥에서 이제 막 올라온 꽃 한 송이를 올려다본다
그 바닥에서 흔들리는, 꽃그늘 속에서 내민 손을 붙잡기
위하여
오랫동안 서성이던 무릎을 굽힌다

작은 돌멩이 하나를 저 어두운 빈곤의 바닥으로 굴려 떨
어뜨려본다

　통통통

　바닥에서 바닥으로 굴러가며 바닥을 깨우는, 바닥을 스
쳐가는 인기척

　거기서 아직 살아 있다고 하는 이의 기침이

　오늘 아침에도 검은 바닥에서 그의 가족을 데리고 환하
게 일어난다

노숙자

얼음 밑으로 흘러가는 물이 흐린 하늘을 데리고 졸졸졸
흘러간다

노숙자의 잠 밑으로 조용한 물소리가 와서 그의 봄을 건
드려보고 간다

내다버린 몸이 오랫동안 웅크린 돌멩이처럼 굴러다니며
한뎃잠을 부린다

사랑 끝에 찾아온 그러나 곧 시들어버릴 꽃이 여기저기
서 피어난다

곡예를 하듯이 피어 있는 꽃망울이 나뭇가지에서 어지럽
게 손을 흔든다

햇빛을 줍던 손가락은 지루한 무덤의 잠을 하루종일 파
낸다

어두컴컴한 안경을 쓴 이가 하모니카를 불면서 흐린 저
녁 앞으로 지나간다

녹슬어가는 무릎을 천천히 꿇고 앉아서 감아놓은 심장소
리를 풀어놓는다

온몸에 가시를 담은 것처럼 그의 눈은 뜨지 못한 채로 빛
을 더듬는다

달의 검은 눈물이 흘러내리는 밤

　검어진 용산을 지나가는 버스가 멈춘다 불이 난 망루에서 함께 내려오지 못한 이의 외투와 신발이 한쪽으로 치워졌다 그들의 불안이 치워졌다 그들의 불면이 깨끗하게 치워졌다 버스에서 내린 검은 얼굴들이 한주먹 파편처럼 길바닥으로 쏟아져나왔다 검게 그을린 뒷모습이 어두운 골목으로 사라져버렸다 뜨거운 망루에서 뛰어내린 달빛이 이봐요 저기요 마스크를 벗어던졌다 타버린 집의 허공에서 살아남은 눈동자와 마주쳤다 당신의 이야기는 저 높은 곳에 살았잖아요 당신의 이야기는 옛집에 지금도 살아요 불면의 잠옷을 차려입은 아이들이 긴 밤을 돌아다니며 달의 쪽방으로 기어들어가 호오 입김을 분다 뜨거운 계단에 주저앉은 아빠들의 이야기는 숯처럼 검은 눈물을 흘린다

상자의 시간

골판지 지붕 위로 빗방울이 하나둘 떨어지기 시작하였
을 때
그는 그의 집이 불에 타버리는 심정이었으므로 허공을
휘저었다

그는 한줌 재를 손에 쥔 채로 상자 밖으로 꺼내져나왔다
곧 그의 얼굴은 노숙자가 아니라 불 속에서 살아남은 자
의 표정이었다

창틀이 뒤틀리고 별똥별이 수없이 지붕 위로 떨어지는
줄 알았다
한낮에 창문에 앉았던 나비는 날아가버리고 하늘은 검은
먹빛이었다

슬픈 집의 네 모서리가 타다닥타다닥 울다가 곧 녹아서
없어지는 것을
길바닥을 함께 뒹굴던 시선들이 방울방울 모여서 걱정하
다 사라졌다

집을 잃은 그는 데인 사람처럼 꾸물꾸물 걸음을 데리고
주인 없는 처마를 찾아서 돌아다녔다
검은 나뭇가지에 앉은 달빛을 스쳐지나가기도 하였다

비가 멎고 젖은 골판지 지붕을 쓸어내던 청소부는
주저앉은 집에서 아직 깨지지 않은 소주병의 울음소리
하나를 덩그러니 깨웠다

초췌한 얼굴로 모인 담배꽁초가 그 속에 갇혀서 쿨룩,
상자의 시간을 쫓아다니는 그를 찾고 있었다

검붉은 날개

입구가 어디인지 모르는 공원에서 바람소리를 따라가다
수염이 긴 거지가 앉아 있는 그늘을 지나쳐간다
그의 수염은 염치없이 아름다운 하품을 갖고 있다
나들이를 나온 걸음은 하늘 쪽으로 자라는 나무들 사이로
떨어지는 꽃이파리가 그의 어두운 하품 속으로 꺼져들어
가는 것을 본다
그 졸린 거지에게 수소를 가득 넣은 풍선을 상으로 주어서
그의 몸이 공원으로부터 멀리 날아가는 것을 상상한다
거지에게 가는 빛은 그의 검은 등 뒤에 묻은 흙을 털어
낸다
그의 두 팔은 전생을 담았던 상자를 놓친 것처럼 허공을
붙잡는다
허우적 고양이의 두 발톱이 허공을 잡는 것처럼
그의 검은 손바닥이 간신히 쥔 것은 오늘 눈을 뜬 붉은
점심이다
그의 점심을 찾아온 비둘기들은 뒤뚱뒤뚱 걷다가 그의
전생을 알아차린다
하늘 밖으로 팅겨져 날아가고 싶은 날개가 검붉은 흙먼

지를 일으킨다

　피를 튀기듯 더 높은 하늘로 올라가던 새의 편대에서 이
탈한 새는

　수염을 기른 그의 동공을 콕콕 두드리고 들어간다

삽 글씨

그물에 걸리지 않는 바람*이 공사장에 세워놓은 삽을 쓰러뜨리려고 한다
모래와 씨멘트를 섞던 몸은 물처럼 낮은 곳으로 흘러가고 싶어 허리를 굽혀 삽 글씨를 쓴다

이 정도면 알맞은 반죽이야 하고 쓴다
정겨운 삽 하나가 그의 꿈을 쓴다

언제 아물었던가, 상처가 동글동글해진 자갈들이 좌르르 모래반죽으로 쏟아진다
뜨거운 삽 위에 올라온 부처 얼굴, 부처 똥 한 자루 어디에 쏟을까

고개 떨어진 인부들은 땅바닥을 경전 삼아 '생업'이라는 글씨를 질기게 써서
검은 웅덩이의 입에 넣어준다

땅을 기어다니는 풀 한 포기, 바람의 글씨를 어스름한 저

녘까지 이어 쓰게 한다

　못 견디도록 아픈 이야기를 인부가 한 삽 푹 떠서 '오늘'
을 쓰고 있다

* 수타니파타

행주

누군가의 냄새가 나는 헝겊을 빨고 싶다
　소녀는 식탁을 옮겨다니다 우두커니 손에 쥔 행주를 들
여다본다

삽날 같은 수저 같은 모래알 같은 밥알 같은 공사장 같은
뜨듯한 밥집의 얼룩을 쫓아다닌다

밥을 먹던 인부가 뜨거운 입김을 뿜으며 너 어디서 왔니?
무김치를 아작아작 깨물어먹는 순간,

행주 끝에 닿아서 바닥으로 쏟아져버린 수저통
옌뻰 가족들의 눈빛이 오목한 수저에도 들어와 있다

수저를 줍기 위해 낮게 숙인 몸이 일어나서
눈시울처럼 붉은 김칫물이 밴 행주로 식탁을 닦는다

제3부

고양이 울음

애를 낳으러 병원에 간 이의 저녁이 궁금한 것처럼
이 저녁에 세간을 옮기는 이의 저녁이 궁금하다
이삿짐이 굵은 동아줄에 묶여 붉은 가슴을 쳐다보고 있다
이불 보따리에 묶인 근심이 풀어질라 꽁꽁 묶여 있다
어느 저녁에 앓았던 몸을 데려가면서 콜록콜록, 아이들
이 흔들어놓은 살구나무를 놓고 간다
우체통에 끼여 있는 청구서를 놓고 간다
뜯어내지 못한 커튼이 있는 집, 그 속을 다 헤아릴 수 없
는 편지를 놓고 간다
고양이 울음을 눈물처럼 놓고 간다

그 집의 씀바귀

씀바귀 위로 떨어지는 빗소리가 앓고 있다

비를 맞고 있는 당신들은 서로 아시는 사이들입니까

길가에 내놓아진 세간들끼리는 그들만의 서운한 눈짓이
있다

팔순잔치 할머니의 기념사진 속 얼굴들이 액자 속에서
후두둑 버려지는 비를 맞고 있다

드문드문 이름을 캐물을 수 없는 풀잎들이 날아와서

그 앞에서 어깨를 적시며 보초를 서고 있다

할머니를 위해 한자리에 모였던 이들은 이제 어디로 가
버렸습니까

유모차에서 나온 아이는 어디로 가버렸습니까

까맣고 슬픈 눈동자를 닮은 이들이 씀바귀 옆에 누워서
재개발지역의 허공을 쳐다보고 있다

부서진 집으로 오는 빗소리를 그 집의 씀바귀가 온종일
받고 있다

오늘은 아무도 순종하지 않아

액자 속에서 젖은 꽃이파리처럼 앉아 있던 이들이 우두 커니 처마 밑을 사랑한다

마당을 건너다보는 이는 수수 알갱이들의 호흡이 아직 살아 있어서 땅에 떨어진 열매들이 내 것이 아니라고 한다

그의 침묵 뒤로 누구에게도 순종하고 싶지 않은 기침소 리가 쿨룩쿨룩 도토리처럼 사방으로 튄다

어두운 집의 그늘을 잘라내면서 가을볕이 들어서 그의 등짝을 가마니처럼 덮어준다

조는 듯 앉은 고무신 두 짝이 강아지처럼 끄응끄응 앓 는다

지나가던 바람이 으르릉 찾아와서 사자의 긴 수염을 한 올 떨어뜨린다

어쩌다 문밖으로 나와서 길을 잃은 빛이 댓돌 위에서 꾸 벅꾸벅 그의 가느다란 눈썹 끝에도 눈처럼 하얗게 쌓인다

저리로 가시었나 일찍 주무시고 일찍 일어난 지팡이가 그의 오래된 관절처럼 함께 걸어간다

희뿌연 구름이 수레에 실려 흘러가고 파란 하늘이 아직 그에게 남아 있다

오늘은 아무도 순종하지 않아 작은 풀벌레 소리가 그를
돌아보게 한다

시래기

졸린 눈으로 한숨을 쉬는 시래기가 벽에 걸려 있다

그의 영혼은 일을 하러 나갔다 저녁 늦게 집으로 돌아오기도 한다

그의 등뼈는 집으로 돌아와 시름시름 아프다고 말하지 않는다

아직도 벽에 걸쳐놓은 굵은 손을 놓을 수가 없다고 말한다

작은 입술로 뼈마디를 주무르며 바스락거린다

온몸의 근육이 파도 물줄기처럼 번져 그의 삶을 거들고 있다

좁다란 어깨에 푸른 노동의 시간이 사이좋게 누워 있다

그의 어깨를 붙잡아서 깨우고 싶은 바람이 오늘은 외치듯이 온다

한시름을 놓은 수름살이 우두커니 허름한 살림을 본다

지친 날개를 한 묶음 껴안은 가슴이 파닥거리고 싶다

쌀강정 부스러기

잠든 할아버지의 머리맡에 쌀강정 접시가 비워진 채로
있다

조용한 잠이 뒤척일 때마다 쌀강정 부스러기들이 이리로
저리로 뒤척인다

할아버지는 꿈속에서 빈 접시를 들고 이 마을로 저 마을
로 느린 걸음을 데리고 다니신다

쿨쿨, 주무시는 동안에 당신의 흰 수염이 수굿하게 자
란다

심심한 쌀강정 부스러기들이 잠드신 할아버지 옷에 송사
리떼처럼 붙어 있다

할아버지!

약과

　담장 너머 스러진 나무의 술렁거림이 줄기처럼 뻗어서
검버섯이 듬성듬성 핀 방

　어슷비슷 나뭇가지처럼 말라가는 노인이 방문을 닫은 후
약과 하나를 쥐고서 미루적미루적 숨을 고른다

　이 빠진 입에서 흘러나오는 침을 흡흡 홑바지에 떨어뜨
리지 않으려고 몸을 깨운다

　기다란 침을 흘리면서도 어스레한 빛의 과자를 깨물지
않는다

　조청이 묻은 지문은 혀의 미뢰처럼 끈적거린다

　누런 방바닥은 희미한 몸의 일생을 따라서 끈적끈적 노
인의 본을 뜬다

　사랑방 문창호지를 지나온 빛은 나물처럼 수그린 노인의
등을 한겹 덮어준다

　그 사이 약과 속, 꽃이파리는 우죽우죽 새로이 피고 진다

　미숙한 약과의 등은 거북등처럼 갈라터지고

　자기 일생을 살아온 몸에서 대를 이을 손을 보듯 아픈 글
자를 꺼내놓는다

　그의 몸은 갑골문자처럼 활짝 펼쳐져서 방바닥에 누워

있다, 꺼져가는 숨을 데리고 있다

　노인은 간지러운 이불 끝을 마른 입술까지 끌어덮는다

　번성하는 식물처럼 이불 밖으로 한 손을 터억 꺼내어놓
는다

　약과와 어스름한 저녁빛을 한덩어리 꼭 움켜쥔다

　약과 속, 매운 꽃이파리들은 방 안의 숨소리를 꼼지락꼼
지락 듣고 있다

　제사상에 올랐다 내려온 약과에는 스러진 나무의 매운
이파리 냄새가 한줄기 걸쳐 있다

흰 수건

헌 옷소매를 움직이는 그녀에게 눈시울이 붉은 바람이
온다

그녀 등뒤로 나란히 무릎을 꿇고 앉아서 한 송이 파꽃을
피워올리는 시간이 흔들린다

울음을 데리고 온 새 한 마리 어둠이 오는 쪽을 기웃거리
다 흙을 튀기며 날아간다

비 오는 날에 새로이 떨어진 돌멩이 밭 한가운데 박혀 있
다 홀로 상처를 꺼내어 본다

밭 가생이로 올라온 풀들은 촘촘히 우거진 느릅나무 숲
으로 들어가서 울고 싶다

흰 수건을 오랫동안 머리에 쓰고 있던 그녀의 호미는 하
던 일을 멈춘다

잔글씨들처럼 많은 가지와 잎사귀와 뿌리가 한 호흡을
밈추고서 그녀를 물러본다

울리지 않은 종소리처럼 아직 걸어나오지 않은 밭 모서
리 그늘을 본다

흰 수건을 머리에 감은 그녀는 아름다운 저녁을 향하여
손을 흔든다

요사이 걸음

흙과 바람 속을 조심조심 걸어오신 걸음이
지금은 호미를 놓고 복사꽃 그늘을 틀니로 한입 베어먹
는다
요사이 땅에 떨어진 햇빛은 작은 무덤을 훑고 지나간다
아직 정을 떼지 못한 붉은 잎을 비춘다
누런 집의 누런 뒤뜰에 살고 있는 복숭아나무를 지나서
소쿠리에 쑥과 냉이와 기침을 담던 걸음이 눈지 않아서
이 봄에도 씨앗을 가지러 곳간으로 가며
고맙습니다, 먼 산에서 내려오는 꽃맛을 본다

느린 노래가 지나가는 길

한 방울의 빗방울이 떨어져 산을 녹이고 산길을 녹여서 산의 일부를 파내 길의 일부를 파내 새로운 길이 하나 생겨나게 하여서 예전에 데리고 내려오던 길을 종종 잃어버리게 한다 하여 사람들은 따뜻한 삽으로 흙을 떠서 한 사람이 지나가는 길을 잃어버리지 않도록 한다 그 산길의 가지 끝에 둥지를 올려놓은 새의 말이 오늘은 푸릇푸릇 이기적으로 흔들리고 할 때 저 멀리서 노인을 꽃가마에 태운 이들이 산길을 올라가면서 느린 노래를 부르며 느린 노래를 몇송이 떨어뜨려 참나무 진한 잎사귀에 싸서 꽁꽁 묶어놓을 때 꽃그늘 아래 수북이 앉아 있던 키 작은 꽃들의 물음이 저 할아버지는 누구야 바라보다 누군가의 발바닥에 밟혀서 뭉개져버린 얼굴이 다시 이게 뭐야 고개를 들어서 꽃가마 서늘하게 지나가버린 길바닥을 환하게 다시 보고 싶어한다

오래된 실

바늘귀에 흰 실을 꿰려는 순간

머리가 하얗게 센 이에게 새소리 한 마리가 찾아왔다

가느다랗게 울고 있던 실패 꾸러미가 반짇고리에서 발끝을 들어올렸다

소매가 닳은 옷처럼 뿌연 새의 날개 끝이 봄의 나뭇가지로 날아갔다

베개에 붙어 있던 새는 봄에 울고 봄에 울고 봄에 울었었다

흰 눈 속을 날아온 새는 풀어진 실뭉치처럼 봄의 나뭇가지에 머물러 있다

한 땀 한 땀 흰 날개를 파득거린다

곡절을 지나가는 바늘이 새록새록 베개에 발자국을 남긴다

눈 발자국처럼 떠나간 새의 울음소리가 베개에 절어 있다

오래 묵은 실에서 어렴풋이 붉어진 그이의 젖은 뺨 냄새가 난다

실 끝에 매듭을 짓고 있는 이, 홀로 앉은 웅크림을 자세히 더듬고 있다

가래나무 아래서

가래나무 아래로 아픈 몸이 떨어진다

호두와 비슷하지만 먹지 못하는 이 열매가 와글와글 뒹군다

네놈들은 어디에 쓰일까? 약초 걸망을 멘 이의 눈에도 가래는 잘 띄지 않는다

가래나무가 섰던 자리에 가래가 떨어진 줄 모르는 이

산자락 끝으로 밀려난 장애인복지관을 찾아서 신발에 진흙을 묻힌다

장애등급을 받은 아이들이 가족처럼 모여서 가래를 줍다

갸웃갸웃 침을 흘리며 먹을 것을 달라고 까만 손을 흔든다

서늘한 가을빛이 아이들의 등으로 번진다 숲으로 번진다

땡그랑땡그랑 깡통 속으로 떨어진 가래는 저희들끼리 상처를 얻어서 무거운 겉옷을 벗는다

가래늘 우글우글 한나절 아이들과 동무처럼 친하게 지내다

간질을 일으킨 아이가 깡통을 놓쳐서 그 숲으로 다시 흩어진다

오랜만에 장애인복지관을 찾은 걸음이 더이상 걷지 못

하고

　덜컹, 열어놓은 철문 앞에서 붉은 진흙으로 굳어져 있다

　그 걸음 앞에 툭 가래가 떨어져 있다

　자궁 속에서 나온 아이와 헤어졌을 때에도 이렇게 작은

비명이 걸음 앞에 있었다

딸랑이를 놓친 잠

세상에는 우는 아기가 참 많아요 어느 손길은 "우는 아기를 주웠던 거예요"

젖병 빠는 녀석들 이마 위에 지옥의 말이 하나씩 열렸죠

대리모의 손은 지옥의 말을 따서 아기 손수건에 적셨지요

지옥의 냄새를 풍기는 살냄새는 타다 말다 타다 말다 분통 옆에도 뿌려졌지요

천장에는 스치기만 해도 흔들거리는 배부른 나라의 만국기 모빌이 있죠

어떤 걸음은 아기를 내려놓고 가다 슬쩍 건드리고 말았죠

딸랑이를 놓친 잠은 모빌 끝에 매달린 비행기를 타고 먼 나라로 가게 될 거예요

아기가 깨면 새엄마인 당신을 먼저 보게 될 거예요

딸랑이를 함께 보내요 아기가 좋아하는 딸랑이니까 슬프게 울지도 몰라요

여기가 어디? 낯설어 울면 흔들어주세요

지옥을 떠나와 어느덧 백일이 지난 것을 차차 알게 될 거
예요

아기들은 울지만 강한 혼을 가졌어요 여기에 남겨진 아
기들은 더 강하고요

그 손을 쥐었다 펴는 사이

손님처럼 손이 주머니 속에 들어 있다
손님은 둘, 서로 따로 앉아서 할 말이 많지 않다
주머니 밖으로 얼마동안 나가지 않겠다고 말했다
주머니는 새둥지처럼 금세 부풀었다

어린 손을 놓은 적이 있는 손은 물잔을 붙들고 있다
물은 금세 비워지고 이제 눈물이 잔을 채운다
(어떻게 해야 저 손을 한번 잡아줄 수 있을까)
그 손을 쥐었다 펴는 사이 빠져나온 사랑

손금

보육원 자원봉사자가 빨래를 너는 동안
끊어진 고구마 줄기처럼 더이상 길을 걷지 않는 아이가
바짓가랑이에 오줌을 흘린다
엄마의 손을 놓친 아이들이 미끄럼틀에서 미끄러지고 또
미끄러진다

아이들은 그네의 쇠사슬을 꼭 붙들고 앞뒤로 흔들거린다

아이가 찬 공이 자원봉사자 앞으로 데굴데굴 굴러간다
엄마의 손을 놓친 아이들의 빨랫감이 점점 많아져서 제
비처럼 빨랫줄을 가득 메운다
빨래집게가 점점 삭고 있다

쌀자루

마루 위에서 뒹구는

쌀자루 흰 옆구리를 부축하던 아내는 허리가 아파서 누워버렸다

동전을 모으는 아이는 빈 맥주병을 들고 나가 30원을 받아들고 왔다

세상에 이럴 수가 있나

낮인데도 형광등을 켜야 신문을 읽을 수 있다니

나는 슈퍼로 달려가서 맥주병은 50원인데 왜 30원이냐고 따졌다

아이는 슈퍼 주인처럼 옆에 서서 이 동네에서는 모두가 그래요 한다

30원을 먹은 돼지저금통의 내장은 그렇게 슬픔으로 가득 찼다

그날 나는 돈으로 환산이 불가능한 미발표 시의 제목을 바꾼다

'나는 미쳤다'라는 시의 제목은 '처음에 나는 미치지 않은 아버지였다'

가난하지만 시가 변명이 될 수는 없는 법이었다

은행에 가져갈 고지서를 모으고 계산기를 두드렸다

한때는 계산이 미숙한 것까지를 좋아했던 아내는 슬슬
걱정하는 눈빛이었다

호기심 많은 아이는 돼지저금통을 찰랑찰랑 흔들다 잠에
빠지고

아이가 갖고 싶은 지구용사 썬가드 로봇은 꿈속에서 변
신을 시도할 것이다

아내가 겨우 방문을 열고 나와 쪼그려앉았다

자루에서 끌려나온 쌀은 오늘 저녁에도 끓어넘친다

나는 꺼진 촛불처럼 있다가 밥상으로 달려가 정다운 수
저 네 벌을 차례대로 눕힌다

아이들 것은 그렇다 치고 저 잘난 나의 수저는 왜 이토록
입이 큰가

온 가족을 모아놓고 첫술을 떠야 하는데 첫술을 떠야 하

는데

어떻게 밥을 먹어야 하는지 씹어야 하는지 아무 생각이
나지 않는다

얼굴이 네모난 아이

얼굴이 네모난 아이, 한 마지기 밭에 옥수수 씨앗을 뿌린 후 그 앞에 이끌려오는 일이 점점 좋아서 어느날은 아버지 지게를 데리고 그 앞에 쭈그리고 앉습니다 밭에 간다고 하고 밭에 갔다 오는 일이, 밥 먹으러 집으로 돌아오는 일이 바람소리처럼 들렸을 아이의 아버지는 마루에 걸어놓은 모자처럼 조용하고 가끔 등을 북북 긁어댑니다 그러면 어디서 날아왔는지 들꽃들의 눈이 방바닥에 떨어져 괜히 아버지를 봅니다 손 안 닿는 일이 아버지에게도 있어요, 얼굴이 네모난 아이 네모난 아버지 얼굴을 들여다보며 말라죽어가는 수염을 걱정합니다 그래서 아버지는 수염을 깎습니다 그 집이 흘러내리면 대지의 물을 훔쳤던 한 그루의 나무도 통째로 울겠죠 바람 부는 날 일자인 연기, 일편단심 농부의 맘 확인하고 일제히 하늘로 올라갑니다 얼굴이 네모난 아이 옥수수밭으로 꺼져들어갑니다 아버지의 수염을 달고 오랜만에 걸어나옵니다 수염을 깎아야만 알아볼 수 있는 사람들이 옥수수밭을 지나고 신발에 묻은 붉은 흙을 탁탁 털어냅니다 그 뒤를 쫓아서 얼굴이 네모난 아이, 뜸부기 울음처럼 혼자서 걸어갑니다

수정목욕탕을 지나가는 걸음

수정목욕탕을 지나가는 걸음 뒤로 목련나무 한 그루 서
있다

그 나뭇가지가 온종일 바람을 맞아서 뽀오얀 맨살을 한
겹 풀고 있다

어렴풋한 살냄새가 옷 벗는 소리를 내는 목련은 부끄럽다

살랑살랑 바람은 꽃나무가 있는 집의 담을 따라서 운동
화를 신은 노인을 쫓아간다

노인은 걸음을 세면서 한숨을 둘로, 셋으로 쪼개는 신통
을 부린다

한쪽 다리의 영혼을 위해 한쪽 다리가 흔들흔들 힘을 보
태어 걸어간다

뇌졸중 후유증으로 천천히 수정목욕탕 주차장까지 온 걸
음은

겨울 내내 주차장을 지킨 화분 속에서 검은 햇빛을 꺼내
놓아준다

감각을 잃은 발등이 힘껏 차주고 싶은 햇빛은 금세 날이
흐려져서 사라져버린다

그림자를 끌고 가는 걸음은 수정목욕탕에서 뉘엿뉘엿 집

으로 흐려진다

꽃이 피면 나뭇가지는 흐리게 그의 집을 뻗어나오고 싶다

아주 먼 눈동자

구리로 오는 전동열차는 아주 먼 눈동자를 가끔 내 옆에
앉힌다

분홍색 목도리를 감은 여자아이가 맞은편에 앉아 다리를
흔들고

그의 눈에도 내 눈에도 분홍색 목도리가 따뜻하게 힌 바
퀴씩 감긴다

망우역을 지나서 빈자리가 모두 채워지고

아주 먼 눈동자의 마른 뺨을 보았을 때 당신의 영혼은 혹
시 스리랑카 노동자

당신의 눈 속에는 스리랑카에서 뜯어온 배고픈 하늘이
머물러 있었다

그의 멀고 힌 눈동자를 자세히 볼 수 없어서 그의 작은
손을 슬며시 엿보았다

아무렇지도 않게 콧등을 어루만지던 그의 손등 위로

상처를 꿰맨 자국이 덜컹덜컹 흔들리는 열차의 침목처럼
착하고 착하게 달리고 있다

그이의 때묻은 소매 속으로 상처는 그렇게 계속 달려가
고 있다

눈이 부실 때 눈을 감는 버릇이 있는 나는 그렇게 멀리서 온 사람의

소매 끝자락을 오래 보지는 못하였다

제4부

처음 하이힐

예배를 마치고 나온 옆구리 성경책, 둥근 엉덩이의 무게를 괴롭혔지요

과묵한 콧수염들을 외면하면서 걸어가는 매큼한 엉덩이 한쪽이 아프게 울었지요

포크와 나이프와 스테이크와 방울토마토 관계처럼 얽혀 있는 골목길을 걸었죠

기도를 마치고 나온 목회자는 두 갈래 길에서 손을 흔들었지요

부은 발뒤꿈치를 끌고 가는 마음이 부상당한 두 다리의 주인공 같아 조연이 필요했죠

두 다리를 부축한 두 다리, 끈적거리는 골목을 찾았죠

검고 붉은 무늬의 조명 아래로 뱀가죽 냄새가 흘러나와 가게문을 열어둔 곳이 있었죠

이쁜 엉덩이들이 생포되어 있는 구두점 개상시산은 가늠 교회 종소리에 맞춰져 있었죠

아픈 엉덩이와 종아리를 어루만지는 뱀가죽 냄새는, 가게 안에 모였죠

처음으로 유리 진열장에 앉은 하이힐이 하나 갖고 싶었죠

둥근 엉덩이에 발라놓은 광택제는 움직이는 엉덩이를 빛나게 하였죠

살해된 뱀의 꿈이 한 짝의 새 신으로 오려진 이야기는 아무도 모르게 멀리까지 팔려나갔죠

아픈 엉덩이 한 짝이 고기와 냉면을 파는 식당까지 걸어와서 벗겨지기도 했죠

벗겨진 것들의 냄새가 고기 굽는 냄새 사이로 들어와 타버리기도 했죠

방금 벗어놓은 하이힐 한 짝의 삼분의 이쯤을 타고 올라간 검은 구두를 보세요

깔려 있는 삼분의 이쯤의 빨간색 엉덩이는 뒤집어지면서 탄 고기처럼 까매졌죠

소녀의 꽃무늬 혁명

소녀는 조그만 꽃무늬 혁명을 하나 떠야 한다고 했지요
　왼편의 대바늘과 오른편의 대바늘 사이에서 데굴데굴 굴
러다니는 붉은 실타래는 소녀의 혁명을 돕기로 했지요

　아버지의 혁명은 아버지의 구식 혁명으로 끝나버리고
　한 코 한 코 풀어지면서 새로운 혁명을 끌어내야 한다고
털옷은 어머니의 손에 이끌려 장롱 속에서 나왔죠

　낡은 털실은 팽팽한 긴장감을 놓지 않으면서 혁명가를
계속 불렀지요
　그 옆에서 소녀의 꽃무늬 혁명은 계속 줄기를 뻗어나갔
지요

　풀어진 아버지이 혁명은 새 혁명이 넝쿨로 이어졌죠
　소녀의 꽃무늬 혁명이 성공을 거둔다면 이 겨울도 이젠
춥지 않을 거라 믿었죠

　붉은 실타래의 아우성이 무릎 위에 놓여 있다 차가운 책

상다리 밑으로 또 기어들어갔죠

　어두운 그곳에서 뭐해? 혁명을 꿈꾸는 실타래가 다시 뒹
굴뒹굴 실오라기 하나를 데리고 나왔죠

　문득문득 소녀의 혁명이 모자라지 않나, 소 눈동자만해
진 털실을 바라보며 불안했죠

　어서어서 꽃무늬 혁명을 하나 떠서, 추위에 떠는 당신께
가야 한다고 말했죠

푸른 멍의 소장자

빨랫줄에 널어놓은 젖은 치마에서 또록또록 흘러나오는
누런 정액의 혐의를 뒤집어쓴 물방울

정액, 물방울, 정액, 물방울, 정액도 물방울도 사이좋게
말라가는 시간

빨래를 마친 소녀가 허기로 끓이는 라면 냄새가 가스레
인지 뒤쪽 열린 문틈으로 새어나가 앞집 검은 개 콧구멍 속
으로 들어간다

먹고 싶냐 개야 너도 짖어봐라 개야 신(新) 라면발 한 줄
줄게 개야
후룩후룩 라면발이 앞집 개를 친다 컹컹

차례차례 정액 한 방울 물방울 한 방울 사정된 곳에
나 한쪽 눈을 맞았어 눈이 따끔거려 푸른 멍이 마당 콘크
리트를 깨며 주저앉는다

집의 가장자리와 가장자리를 묶어놓은 빨랫줄을 따라서 소녀의 젖은 팬티가 흔들흔들 논다

녹슨 못으로 붉어진 벽까지 물방울 하나가 쭉 흘러가서 꽈당, 부딪친다

이 희미한 멍은 어디서 얻었니 언니야

눈부신 오후의 햇살은 젖은 바닥에서 올라와 소녀의 치마 속 무릎을 보고 그 위로 훤히 통과한다

온몸을 던져 웅덩이를 파헤친 물방울은 움찔 둥글게 둥글게 몸을 말고

저 높은 곳에서 오랫동안 내려오지 않는다

젖은 옷가지를 말리기 위해 온 선선한 바람은 더운 방문을 두드린다

누가 왔어, 언니 말고 넌 누구야, 검은 개, 검은 소, 검은 고양이 꼬리를 닮은 스타킹 한 짝이

까만 밤의 껍질로 벗겨져 콘크리트 마당에 떨어져 있다

아 푸른 멍이구나 이끼들만도 못한 것이 아픈 콘크리트
구멍 옆에서 소녀를 데리고 열심히 산다

철조망에 걸린 소녀

철조망에 걸린 풀이 바람을 불렀다 바람은 철조망 때문에 아프다고 했다 바람은 소녀를 불렀다 소녀는 철조망을 넘어가다 걸려서 팬티가 찢어졌다 엉덩이가 찢어졌다 철조망에 걸린 바람이 아프냐고 물었다 철조망에 걸린 피 묻은 팬티가 아프다고 했다 철조망에 걸린 양말 한 짝이 나도 아프다고 했다 후우후우 철조망의 가시가 바람을 불렀다 바람은 깡통소리를 부르고 숲속의 배부른 새들을 불렀다 철조망에 걸린 깡통이 땅땅땅 소리를 지르며 달아나는 소녀를 쫓아갔다 철조망에 걸린 소녀의 엉덩이가 혼자 남아서 울었다 온몸이 가시처럼 아픈 소녀가 숲속 나무판자 무허가건물로 들어갔다 콜록콜록 나이 든 기침소리가 무허가건물 속에서 거기 누구세요 새어나왔다 기침소리는 숲속의 동물들을 끝까지 괴롭혔다 배부른 새의 둥지에서 스트레스를 받은 알들은 깨어나지 못했다 바람은 둥지 속의 알을 버리고 소녀와 철조망을 따라다녔다

모래 밥

공장 옆에 둥그렇게 쌓아놓은 모래성으로 아이와 소녀가
들어온다

개가 들어와 펄쩍펄쩍 뛰어논다

아이의 열 손가락이 지은 집에 아이와 소녀의 세간이 들
어온다

누런 개털이 아이와 소녀의 등에 붙는다

소녀가 모래로 지은 밥이 타버리고 개가 타버린 밥을 장
난으로 핥는다

밥이 모자란다고 밥을 지으라고 술주정뱅이 아버지처럼
개가 모래더미를 사방팔방 흩뜨린다

와르르 밥솥이 있던 부엌과 집이 통째로 망가진다

시커멓게 탄 밥솥을 모래 속에 파묻어버린 아이가 울어
버린다

모래와 함께 놀던 아이들이 모래 속으로 숨는다

아이가 모래더미 속에서 새로이 밥솥을 껴안고 나와 다
시 밥을 짓는다

모래가 천천히 밥처럼 익어간다

"그치 언니야" 개가 와서 멀뚱멀뚱 뜨거운 밥 한 그릇을

조용히 받는다

"내 평생 내 검은 손으로 해먹을 수 있는 밥이 여기서 다 만져진다 그치"

소녀가 한줌 모래를 손바닥에서 쥐었다 펴본다 "맛있는 밥이다 그치"

모래더미 한가운데를 개가 헐레벌떡 뛰어올라간다

"여기 숟깔" 아이가 넓적한 자갈을 하나 찾아서 소녀에게 건넨다

소년의 침

어서 아버지처럼 되고 싶은 아이들이 있었네

이따금씩 아이들 피를 뱉어내듯이 어느 길바닥에 침을 뱉어놓았네

도대체 이 야릇한 버릇은 누구에게 배웠을까?

소년의 등 뒤로 묘지를 닮은 공장이 꺼억 입을 벌리고 있었네

퉤 하고 공장은 소년을 멀리 뱉어냈네

슬픔 한 덩어리 퉤 하고 버려진 길을 소년이 아픈 몸을 데리고 걸어갔네

공장 밖으로 꺼내져나온 인부들이 소년의 욱신거리는 그림자를 모른 척 지나갔네

한낮의 일이 소년을 목마르게 하였을까

몸의 먼 바닥에서 한참 건져올린 침이 소년의 입에 고여 있네

커다란 소용돌이를 감춘 침이 끓어올랐네

고요한 침묵의 걸음이 이제 막 공장 입구를 벗어나서

남루한 작업복 바짓가랑이를 더 찢어놓을 것 같았을 때

퉤 하고 커다란 침의 폭풍이 한순간에 일어났네

(소년은 이 세상이 아닌 저 세상의 노동이 문득 궁금해지기 시작했네

저 세상까지 이 목마른 침을 뱉을 수 있을까)

아직 작은 그림자 한 벌, 소년이 뱉어놓은 침을 버리고 가네

길에 핀 꽃을 알아보지 못하고 소년의 걸음이 아버지처럼 지나가네

밥풀

오늘 밥풀은 수저에서 떨어지지 않네
오늘 밥풀은 그릇에서 떨어지지 않네
오늘 밥그릇엔 초저녁 별을 빠뜨린 듯
먹어도 먹어도 비워지지 않는 환한 밥풀이 하나 있네
밥을 앞에 놓은 마음이 누룽지처럼 눌러앉네
떨그럭떨그럭 간장종지만한 슬픔이 울고 또 우네
수저에 머물다 목구멍으로 넘어가는 이 저녁의 어둠
이 저녁의 아픈 모서리에 밥풀이 하나 있네
눈물처럼 마르고 싶은 밥풀이 하나 있네
가슴을 문지르다 문지르다 마른 밥풀이 하나 있네
저 혼자 울다 웅크린 밥풀이 하나 있네

넌 커서 개가 될 거야

먼 이국종 강아지 한 마리 반쯤 내려진 차 유리창으로 더
이상 대가리를 빼놓지 않는다

반쯤 내려진 창문을 완전히 내리고 한번쯤 바쁘게 일하
는 농부의 흙 묻은 발을 본 거리

여기가 좋겠다 멍멍

혈통 좋은 이국종 강아지 한 마리의 삶을 데리고 살아온
그이 북슬북슬 강아지를 데리고 차에서 내렸다

차를 세워둔 길가 옆

전원주택 주인이 먼 풍경을 버리고 그가 동경하는 곳으
로 떠난 듯 울타리는 이미 쓰러져 있다

그이 품에서 내려온 강아지

오줌냄새 나는 '남의 집' 뜰을 피해서 더 멀리까지 개새
끼처럼 걸어갔다

여기쯤이면 어떨까? 강아지와 함께 뜬 도시를 되돌아보
니 저쪽에 그이가 버리고 온 동경이 보였다

강아지가 그이를 되돌아보니 강아지의 동경은 지금 오줌
을 누려다가 그만뒀다

(왜?라고 강아지는 생각했다)

강아지가 불안해서 다시 되돌아보니 자동차 시트에 묻은 '강아지, 너, 굴욕으로 만든 과자부스러기' 냄새가 차 유리창이 꽉 닫혀서 오지 않았다

(라고 강아지는 꼬리를 흔들며 생각했다)

형편없이 자란 풀에 머문 꿀벌을 쫓아버리고 버려진 우유팩에 달라붙은 의심 많은 파리떼를 쉽게 쫓아버리는 농안 강아지는 꼬리만 흔들었다

조용히 앉아 있는 초라한 돌멩이 위에 그렇게 가랑이를 들고 오줌 몇줄기를 쏟아냈다

멍멍 쉬쉬

불 켜진 도시 동경이 머문 도시의 한가운데 살면서 눈치를 보는 일에 있어서 그 누구보다도 '대선배님'이신 그이는 그사이

헐렁 좋은 강아지 냄새가 나는 시트만 데리고 길가의 오른쪽 풍경에 빠졌던 자동차를 데리고 이곳을 서둘러 떠나갔다

붕붕

한번쯤 일하는 농부의 땀냄새가 그리운 이 풍경 속에서

살아볼래 멍멍

　넌 커서 버려진 개의 동경을 갖고 살게 될 거야 멍멍 개
로 걸어가고 있는 강아지

　아직 강아지 걸음으로 걷는 개의 강아지 성난 뇌에서 입
으로 흘러나오는 침이 길바닥에 쓴다

　'커서 개가 될 거야'

파열하는 호두알

금붕어 두 마리의 삶이 호두알 속에 들어 있다고 호두알을 가끔 흔들어주는 이가 있다

금붕어 두 마리의 사랑이 잠시 지나쳐서 책상 밑으로 굴러떨어져서 나오질 않다가 보름 후에 발견되는 일이 있다

이 호두알의 일은 오래전에 키우던 금붕어 두 마리가 우리가 사는 물 밖의 세상 말들이 궁금하여서 하룻밤 사이

거실에 놓아둔 그들의 보금자리인 어항에서 뛰쳐나와서

쿵쿵쿵 지느러미를 파닥거려서 그것만으로는 부족하여서 비늘이 박혀 있는 배의 반동으로 파다닥 그이가 잠든 방을 찾아오면서

자정을 알리는 뻐꾸기 울음소리 열두 개를 가슴에 담아서 되돌아가지 못하고 다음날 아침에 발견된 일과 비슷하였다

그리하여 그이는 우리의 이야기를 엿듣는 금붕어 두 마리가 호두알 속에서 계속 유영하는 삶을 살고 싶어하는 것을 확신하면서

인간복지를 위해서

애쓰지 않은 사랑스럽지 못한 말들이 떠돌아다녀서 그의

귀에 들려올 때마다 통렬하게 파열하는 호두알 두 개의 가슴을 서로 부딪치는 일이 습관이 되었다

이 세상에 쏟아진 우리의 말들이 도대체 무슨 말인지 예측하지 못하게 하였다

그리고 지난 보름 동안에 책상 밑에 숨어서 잔혹한 그들의 행동을 비난하지 않은 자의 부끄러움을 확인하고 싶어졌다

원통하게도 금붕어 두 마리의 삶이 호두알 속에 들어 있다고 믿었던 그 딱딱한 세계가 어느날 오후에 책상 위로 그윽 긁어져나왔다

붓끝

보지도 듣지도 못한 사랑이 있다는데…… 어찌 알겠습니까

붓끝을 보면 근질근질한 사랑의 혈흔이 보일락말락 하였습니다

그 가느다란 붓끝을 붙잡아보고 싶었습니다

새침한 붓끝은 흩어진 채로 있다 먹물 한점 찍어 마음을 달래곤 하였습니다

마음이 쓰이는 곳으로 마음이 세워진 곳으로 여차 색을 밀고 나아갔습니다

먹물은 좌에서 우로 상에서 하로 죽죽 아무렇지도 않게 흘러갈 수 있었습니다

보잘것없어라 우묵주묵 땅바닥에 앉은뱅이나무 한 그루를 던져놓았습니다

구부러진 나뭇가지에 매달린 꽃 한 송이 새와 나비와 벌을 심심해 불러보기도 하였습니다

산수를 배회하는 이의 형편은 물 같고요

장난꾸러기이고 가난뱅이이고 그의 자취는 누런 곰팡이로 떠다녔습니다

앉은뱅이나무의 여백은 환한 부엌칼 빛으로 창창 빛나고

골동품을 내놓은 조용한 골목에서는 곧 무슨 일이라도 벌어질 것 같은 고요가

잘게 부서져내렸습니다

(문득 직장을 잃어버린 채로 난장을 걸어가다 만난 붓 한 자루, 너냐? 알은체를 하였습니다)

붓두껍까지 잃어버리고 골목 끝으로 굴러온 붓끝에 오후 다섯 점의 햇살이 뜨겁게 모였습니다

입때껏 쓴 적 없는 나의 헛일에 대해서도 써야 했습니다

파래가 나온 식당

식탁 모서리에서 아직 떨어지지 않은 비린내를 찾아내는
일은

작은 얼룩의 심연에 내려놓은 닻을 걷어올려 다시 출항
하는 일이다

곧이어 누군가의 작고 사소한 기침은 파도를 일으켜 식
당 한가운데로 뱃머리를 옮긴다

막일꾼처럼 보이는 이들은 잠시 쉬다 밥을 먹을 때에도
일을 할 때처럼 기침을 쏟아낸다

밥을 먹던 이가 기침을 울컥하여서 미안하게 담긴 파래
무침을 한 접시 더 달라고 한다

그리고 이제 마악 칼집에서 뽑아낸 칼처럼

젓가락으로 헤집어보는 물컹한 국적불명의 초록 핏물을
다시 본다

그들은 식탁에서 바다로 휩쓸려가지 않도록 둥근 접시
하나에 포위되어 있다

초록의 팔목을 문구용 칼로도 수없이 새긴 자의 시간처
럼 가늘고 축축이 젖어 있다

수많은 파도의 옷을 껴입어 질식한 자의 목구멍으로부터

울컥 토해진 공처럼 멍들어 있다

언젠가 해저탐험을 위해서 발급받아야 하는 통행증처럼 새파랗다

깊은 심해에서 중력과 싸우듯 부르르르 아가미를 떠는 해안가 식당의 환풍기는 식당을 통째로 바다로 끌고 가다 지쳐서 멈춰버린다

나는 파래 한 접시에서 흘러나오는 핏물의 비릿한 냄새가 떨어진 식탁 모서리를 보다가

방파제 모서리에서 일하는 이들의 멀미를 떠올리다가

서둘러 파래 한줌의 푸른 뿌리를 입안으로 흘려넣어 나에게 심어놓는다

입안에서 흔들리는 파래의 춤을 더부룩하게 부풀리다가 안경알에 튀는 희뿌연 파도의 풍경을 스윽 닦아낸다

부표처럼 떠서 달그락달그락 밥그릇을 비우는 막일꾼의 파란 등을 홀로 두고 나온다

파도 속에서 일평생 일만 하다가 겨우 건져진 몸이 몹쓸 그물처럼 뭉쳐진 빛깔들이다

부득부득 삶을 졸업하지 않았다고 우기면서 눈을 부릅뜨

고 있는 깊은 비린내

　파래 한 접시의 식당 냄새를 물끄러미 뒤돌아보며 바다
쪽으로 걸어간다

조기
당신의 송환을 바라며

조기 몇마리 누워 있는 곳으로 저녁 햇살이 비친다

조기 몇마리 훔쳐내지 못한 고양이 가릉가릉 오늘도 저녁 햇살을 물고 간다

조기 몇마리 통통하게 잘 구워서 저녁상에 놓아야 하는데

아직 그이가 돌아오지 못하고 있다

뉘엿뉘엿 지는 햇살 속에서 그이의 어머니가 조기를 뒤집으며

눈물이 마르고 눈꺼풀이 마른다

각형큰사발

  근래 인연이 닿은 스님과 일민미술관에서 첫눈에 알아보
지 못한
  각형큰사발*을 한 그릇 만났다 처음 보는데 이게 무어
예요
  전에도 이렇게 생긴 돌사발을 보신 적이 있는지요
  얼떨떨한 내 눈빛을 담고 담아도 도대체 이 돌덩어리 사
발의 정체를 몰라서
  허리를 굽혀 작은 글씨로 적힌 글을 끙끙 읽었다
  큰 돌을 깎아 만든 두 개의 공간 균형이 절묘한 대석사발
이라고
  용도를 알 수 없는 그릇이라고 하였다

  용도를 몰라도 이쪽이 저쪽을 초라하게 하지 않는 삶이
있으리라
  둘이 한몸으로 사는 돌사발의 허공에 시의 한 잎을 띄워
보고 싶었다
  일심방일심실의 물고기가 이쪽과 저쪽을 왔다갔다하며
시의 이파리를 건드리고 가는 줄 알았다

이쪽 방과 저쪽 방 사이를 걸어가는 동안에 잃어버려도
좋은 게 있으면 싶었다

---

* 「문화적 기억 ─ 야나기 무네요시가 발견한 조선 그리고 일본」
의 전시물 각형큰사발(角型大鉢).

남루한 희망을 다시 깁는다

송종원

어떤 시들은 '뿌리'에 대해 자주 말한다. 세상을 움직이는 근본적인 동력 내지는 질서라 불릴 만한 것에 관심을 가지며 그것을 시화(詩化)하는 데 집중하는 시인들의 시가 그렇다. 그들은 시간의 지층을 파고들어가 세계의 뿌리에 가닿기를 희구하며, 근본적 질서에 대한 믿음이 확고하기에 말들을 실험하기보다 정련하기를 택한다. 뿌리에 가닿으려는 열망과 결국 가닿을 수 없다는 열패감이 그들의 시를 낳는 주요 동력이다. 반면, 어떤 시들은 '꽃'에 대해 말한다. 순간적으로 피고 지는 꽃의 환(幻), 그 유혹에 자신의 몸을 바치는 시인들의 시가 그렇다. 이 시인들은 근대적 삶의 질서에 짓눌린 시간의 더께를 뚫고 올라오는 어떤 순간에 예민하다. 그 순간을 시화하기 위해 이들은 문법을 가로지르며 파편화된 말들의 조각을 깁는다. 하여 조각보 같은 시들에는 우울 섞인 환희가 자주 물들어 있는데, 이는 스쳐가는 날카로운 환(幻)이 시인들의 몸을 종종 베어내기 때문이다. 이 부류의 시인들은 그와같은 상처를 회피하지 않고 오히려 문신을 하듯 자신의 피부에 새기길 원한다.

이기인의 시는 저 두 가지 방향 중에 어느 쪽으로 기울어져 있을까. 사람들이 꽃과 뿌리를 더듬을 때 시인의 관심은 조금 다른 쪽으로 향한다. 시인은 조용하고 느린 어투로 '줄기'라고 나직하게 발음한다. 그가 생각하기에 중요한 것은 보이지 않는 뿌리도, 순간적으로 피고 지는 꽃도 아니다. 대신에 그는 빤히 보이지만 사람들의 관심에서 소외되어 있는 '줄기', 언제든 쉽게 꺾일 위험에 노출되어 있으면서도 지속적으로 현실의 허공에 길을 내는 줄기가 중요하다고 믿는다. 생각해보면 매순간 외부의 압력을 맨몸으로 겪으며 성장의 갈피를 잡아가는 줄기야말로 현재(現在/顯在)적인 뿌리이고 꽃이지 않은가. 그리하여 시인은 "스러질 듯 스러지지 않는 줄기의 시간"(「줄기가 자라는 시간」)을 시에 새긴다. 그리고 이를 통해 '스러질 듯 스러지지 않는 줄기' 같은 존재들을 시의 영역으로 불러들인다. 다시 말해, 이기인은 세계의 뿌리와 꽃으로서 존중받아야 마땅함에도 소외된 삶을 사는 사람들의 자리에 몸을 두고 그들의 삶에 깃든 슬픔의 넝쿨들을 시로 적는다. 그리고 그들이 삶의 바닥으로부터 뽑아올리는 한줄기 빛과 희망에 대해서도 적는다.

*

과일장수는 사과에 앉은 먼지를 하나하나 닦아준다
    사과는 금세 반짝반짝 몸의 상처를 찾아낸다 몸의 중
심을 잡는다
    사과 위에 사과를 사과를 사과를 올려놓으면서
    한 바구니의 사과 일가가 행복한 표정을 짓는다
    그 앞으로 코가 빨개져서 서로 웃고 지나가는 가족이
보인다
    흐린 창문 밖으로 보니 저들의 무릎이 더 빈짝인다

　　　　　　　　　　　　—「흐린 창문 밖으로 보니」전문

　사과에 앉은 먼지를 정성껏 닦는 과일장수의 평범한 시
간 속에 시가 들어와 앉아 있다. 번잡함 없이 단 일곱 개의
문장으로 다져진, 마치 강건한 일곱 개의 '줄기'를 그려낸
것 같은 그림이다. 그런데 이 풍경, 어딘가 좀 낯설다. 우선
저 과일장수의 노동에는 반복되는 일상이 빚어내는 권태가
끼어들 틈이 없는 것처럼 보인다. 새로움을 가장하는 자본
주의적 삶의 공간이 은폐하는 권태에 대해, 그리고 그로 인
해 누적된 깊이를 지녀보지 못한 채 증발되어버리는 시간
과 경험에 대해 적나라하게 말하는 시들에 우리는 꽤나 익
숙하지 않은가. 그런데 이 시의 과일장수는 권태와 무관하

게 사과의 둥근 바닥과 둥근 어깨에 기대어 탑을 쌓듯 정성껏 사과를, 아니 시간 그 자체를 쌓아올리고 있다. "사과를"이라는 음성의 반복으로 조직된 운율이 권태보다는 무언가로 고양된 상태를 연상하게 한다. 게다가 그는 장사를 잊은 것인지 감추어야 할 상품의 결점("몸의 상처")까지도 들추어낸다. 이 이상한 시간 속에서 저 시민의 노동은 교환체계에 사로잡힌 장사꾼의 것으로만 쓰이지 않고 자신과 마주한 사물의 상처를 돌보고 달래는 '인간'의 것으로 쓰이고 있다. 기이한 것은 또 있다. 마치 과일장수가 주연인 극에 소품으로 쓰이던 사과에 되레 초점이 맞춰지면서 소품(사물)이 주연이 된 듯한 기이한 시간이 발생한 것이다.

낯설지만 무언가 균형이 잡힌 느낌! 아니나다를까 시인은 "몸의 중심을 잡는다"고 적는다. 문법적으로 보자면 앞선 문장의 주어인 '사과'의 몸이 중심을 잡았다고 읽을 수 있지만, "중심"이란 말의 무게감 때문인지 그렇게만 읽기에는 다소 부족한 느낌이 남는다. 아마도 그 느낌은 우리가 '몸'을 누군가의 소유로 한정해서 읽는 관습 때문에 발생한 것이겠다. 그러니 다른 방법이 필요하다. 가령, 저 '몸'을 과일장수와 사과 사이의 점이지대로 읽는 것은 어떨까. 누구의 것도 아니면서 모두의 것인 사이로서의 '몸' 말이다. 이 점이지대에는 존재의 대상화나 사물의 도구화가 뿌리내리기 힘들다. 그곳에는 '나'와 '당신'이 서로를 마주보며 닮아가고 서로에게 마음을 기댈 수 있는 시간이 자리하고 있다. 그러고 보면 문득 시의 마지막에 사과처럼 "코가 빨개져서 웃고 지나가는 가족"이 등장하는 것 또한 꽤나 자연스럽다.

사소한 풍경이지만 그 안에서 반짝이는 상처와 무릎을 발견해내는 시인의 시선에는 어떤 곡절이 숨어 있다. 이쯤에서 '흐린 창문 밖으로 보니'라는 제목에 주목해보자. 왜하필 '흐린 창문'인가. 어렵지 않은 추정이 우선 하나 있다. 이 제목은 자본주의사회가 '흐린 창문'을 통해 은폐하는 장소를 이기인의 시가 찾아가고 있음을 일러준다. 그의 많은 시편들에 공장의 기계소리가 배음처럼 깔리고 "매월 삼십만원"인 한 청소부의 급료가 시어로서 자연스럽게 쓰일 뿐아니라 "비정규직" "작업장" "생업" 등등의 어휘가 완고하게 자리하고 있는 연유가 여기에 있다. 그의 시에 기록되는 자리가 자본의 자기위장으로 인해 밀려난 소외지이고, 그의 시에 자주 출현하는 이들이 거기에서 땀 흘리는 노동자이거나 노동력을 지니지 못한 존재라는 이유로 방치된 노인이나 아이라는 사실은 중요하다. 소외된 삶의 상처를 달래거나 그것을 주문으로 만드는 일은 문학이 오랫동안 지켜온 소중한 역할이기 때문이다. 그런데 이기인 시의 이같은 경향이 때로는 손쉬운 비평을 불러오기도 한다. 소외된자들 스스로의 목소리가 아니라 시인의 관찰에 의해 재현된 목소리에 그치지 않느냐는 공소하기 그지없는 비평 말이다.

 그러나 아마도 그런 비평은 이기인의 시작(詩作)에 전혀 영향을 주지 못할 것이다. 더 중요한 사실이 따로 있기 때문이다. 그것은 '흐린 창문'이라는 구절의 또다른 의미와 연관이 있다. 이기인은 소외지역을 설명하는 기존 담론의 선명한 창을 거부하고 그곳에 놓인 구체적인 '흐린 창문'을 통해서만 그곳을 바라본다. 이는 시인의 목소리가 시의 뒤로 물러나 있다는 말이기도 하다. 이기인의 시를 읽고 시인의 목소리가 크다고 느끼는 경우는 드문데, 그것은 시인이 흐린 창문 뒤로 자신을 몰아가 말의 투명성을 과신하는 말하는 자의 권력을 포기하고 오히려 '아무것도 아닌 자'가 되려고 노력하기 때문이다. 다시 말해, 시인은 시 속의 풍경과 장면을 빈틈없는 논리로 통괄할 의지를 보이지 않는다. 대신에 인간이라면 누구나 지니고 있는 감성과 상상을 자극하여 독자들로 하여금 지식을 넘어서는 유동적인 삶의 미세한 흐름을 감각하게 한다. 서시(序詩)인 「생각지도 않은 곳에서」에서 시인이 "오랜만에 생각지도 않은 곳에서 당신을 만났지요"라고 적을 때, 바로 이 "젖은 시집 속으로 부끄러워하는 몸"을 하고 들어오는 "당신"이야말로 그가 발견하려는 저 유동적인 삶의 미세한 흐름이라고 할 수 있다.

 이기인은 그렇게 자본으로부터 소외된 장소에서 살아가는 사람들의 삶을 통해 '생각지도 않은' 것을 발견하려고 애쓰며, 그렇게 해서 보지도 듣지도 못한 미확정적인 반짝임을 지면에 옮긴다. 가령, 「아프지 않아요 — 뿌리」에서 "숨을 죽이면서 사랑을 배우고 싶은 이의 마음이 얽혀 있는 거 같았지요"라는 구절에 오랫동안 눈을 내어준 독자라면, 또는 「내일은 지루하지 않을 것이다」에서 "내일은 지루하지 않을 것이다, 내일은 질퍽하지 않을 것이다 / 처마에서 떨어지는 빗물은 따끔거리지만 수면 위의 꽃을 둥글게 피운다"라는 구절을 읽고 단단한 "돌멩이"를 손에 쥔 것 같은 느낌을 받은 이라면, 그리고 「돌다리」에서 "'그러나 살아야지' 출렁출렁한 햇빛이 어깨를 툭 치며 이웃처럼 웃는다"라는 구절에 "이제껏 흘려보지 못한 울음을" "한주먹씩 흘려보낸" 기분이 든 사람이라면, 저 반짝임에 대한 구차한 설명은 생략해도 무방하리라 믿는다.

*

이기인 시인이 사용하는 붓끝을 확인할 수 있다면 그가 그려내는 미밀스러운 만들이 풍경에 접근하기가 훨씬 용이할 것이다. 흥미롭게도 『어깨 위로 떨어지는 편지』에는 시인이 자신이 사용하는 붓과 그 붓이 그려내는 그림에 대해 말하는 듯한 작품들이 있다. 그중 우선 「붓끝」이라는 작품을 보자.

"직장을 잃어버린 채로 난장을 걸어가다 만난 붓 한 자루"라는 구절은 실업에서 비롯된 원한과 슬픔 또는 적대에 관한 그림이 그려질 것을 암시하는 것처럼 읽히지만, 의외로 시 속의 붓은 보잘것없는 "앉은뱅이나무 한 그루를" 그릴 뿐이고, 거기에다 "나뭇가지에 매달린 꽃"과 그것이 불러들인 "새와 나비와 벌을" 더할 뿐이다. 부드럽고 담담하기만 한 붓의 흔적이 어딘가 수상쩍다. 이러한 의심을 미리 차단하려는 듯 시인은 그림을 그리기에 앞서 붓끝에서 "근질근질한 사랑의 혈흔이 보일락말락 하"는 것을 보고 그것을 붙잡아보고 싶었다고 고백하며, "마음이 쓰이는 곳으로 마음이 세워진 곳으로" 색을 밀고 나갔다고 말한다. 그렇다면 이 시는 진정 적대와 슬픔 따위를 쉽게 극복하는 '사랑'을 암시하고 있는 것일까. 또는 시인의 마음 씀씀이가 그렇게 넉넉하다 말하고 있는 걸까. 그럴 리가 없다. "사랑의 혈흔"이라는 말이 암시하듯 무언가 숨겨진 사건이 있다.

앉은뱅이나무의 여백은 환한 부엌칼 빛으로 창창 빛나고
골동품을 내놓은 조용한 골목에서는 곧 무슨 일이라도 벌어질 것 같은 고요가
잘게 부서져내렸습니다

— 「붓끝」 부분

심상치 않은 여백이다. 진짜 그림은 그곳에 있었다. 저 여백의 빛이 실은 시인의 붓끝이 사랑의 이름으로 이루어지는 가상적인 화해를 난도질하는 칼끝을 품고 있다는 사실을 밝힌다. 그 칼빛이 얼마나 창창한지 어떤 사건을 터뜨릴 도화선과 같은 '고요'가 그림 밖으로 뿜어져나오기까지 한다. 이 시와 더불어 숨길 수 없는 가난의 냄새가 가득한 치욕적인 가장의 삶을 그린 「쌀자루」라는 시를 겹쳐 읽으면 이기인의 '흐린 창문'이 늘 긍정적인 전망을 담고 있지는 않다는 사실을 분명하게 확인할 수 있다. 시인의 붓끝에는 그림을 찢어버릴 듯한 강렬한 광기와 혼돈이라고 불릴 만한 것들이 숨죽인 채 살아 있다. 그러고 보니 주로 나지막한 목소리로 말하는 이기인의 시가 종종 그렇게 이름 붙이기 힘든 뜨거운 무언가로 들끓는 것처럼 느껴지는 이유를 알 것도 같다. 시인이 "울음소리와 신음소리와 웃음소리의 구별"(「생의 한가운데로 떨어지는 소리」)에 실패한 것도, 또한 "소년의 입에" "커다란 소용돌이를 감춘 침이 끓어올랐"(「소년의 침」)다고 적었던 것도 다 저 붓끝에 숨겨진 광기와 연관이 있었다. 이 광기가 조용히 살아숨쉬는 듯한 다음의 그림에서 이기인은 자신의 노동(시 쓰기)이 나아가야 할 방향을 본다.

비단에 먹이라는 옛 그림을 한 점 사귀었다

나룻배가 긴 강물 위로 먹먹하게 흘러가는 그림 한 폭

사공은 강물에 무얼 빠뜨렸는지 노젓기를 멈추고 강물
을 그윽이 보고 있다

사공도 처음엔 그들처럼 무시되었던 풍경이었으리라

시간이 흘러서 피어나는 풍경이 있으리라

지워진 풍경이 물 위로 뜨는 풍경이 있으리라 풍덩!

한평생 강물 소리를 듣는 사공의 가슴엔 먹먹한 빛이
지금 강물보다 깊다

한 획 붓질의 노동이 건너야 할 강물을 휘젓고 있다

—「붓자국」전문

그림 속 사공이 실제로 강물에 무엇을 빠뜨렸을 리는 없
다. 아마도 시인은 흔히 강물로 비유되는 역사가 종종 소홀
히 여기거나 무시하는 무엇에 대해 말하고 싶었던 것이리
라. 사건 없는 안정적인 풍경 속의 고정된 대상이 아니라
그 풍경에 모조리 포획되지 않은 채 불안하게 떠도는 유동
적인 움직임, 시인은 지금 금방이라도 그림을 뚫고 올라올
것만 같은 그것을 바라보는 중이다. 그것이 소리가 제거된
그림 속에서 뜻밖의 큰 울림("풍덩!")을 발생시킨다. 다시
말해, 시인은 '길다'와 '먹먹하다'라는 서술만을 허용하는

시간의 흐름을 거스를 수 있는 어떤 힘을 보는 중이다. 그 힘은 어디에 있는가. 강물의 흐름에 저항하며 강 이편의 사람들을 저편으로 묵묵히 나르던 사공의 '노동' 속에 있다. 시인이 "사공의 가슴엔 먹먹한 빛이 지금 강물보다 깊다"라고 할 때의 그 '깊이'야말로 잠재된 힘의 다른 표현이다. 안타깝게도 그 힘은 현실에서 제대로 평가받지 못하기 일쑤지만 시인은 그 잠재성이 언젠가는 제대로 평가될 거라 믿는다. 그렇기에 그는 "시간이 흘러서 피어나는 풍경이 있으리라"라고 적었을 것이다. 그는 시인의 노동 또한 저 사공의 묵묵한 노동과 다르지 않다고 믿으며, 자신의 노동 또한 깊이가 없는 공간에 깊이를 마련하는 작업이 될 수 있기를 희구한다. 바닥에서 또다른 바닥을 발견함으로써 깊이를 만드는 다음의 시가 그의 희망을 증명해준다.

그 바닥에 자세하게 갇혀 있는 이의 바닥을 한참 바라본다
그 바닥에 귀를 기울이면 그 바닥에서 일어나 더 깊은 바닥을 부르는
어떤 낮은 바닥의 웅성거림이 들려온다
손바닥을 가져가 그곳을 어루만지고 있으면
더 낮은 바닥에서 올라오는 따뜻한 입김을 한줌 받는다
더 낮은 바닥에서 흘러나오는 눈물을 따라서 굴러간다

더 낮은 바닥을 위로하는 더 낮은 바닥이 함께하고 있음을 느낀다

저 저 한없이 낮은 바닥에서 더 낮은 바닥을 향해 뿌리를 내리는 꽃!

(…)

바닥에서 바닥으로 굴러가며 바닥을 깨우는, 바닥을 스쳐가는 인기척

거기서 아직 살아 있다고 하는 이의 기침이

오늘 아침에도 검은 바닥에서 그의 가족을 데리고 환하게 일어난다

—「바닥에 피어 있는 바닥」부분

시인이 "한없이 낮은 바닥에서 더 낮은 바닥을 향해 뿌리를 내리는 꽃!"이라고 쓸 때, 이를 상징적인 차원에 머무는 관념적 희망에 불과한 것이 아닐까 의심하기는 그리 어렵지 않다. 그럼에도 시인은 기어코 그렇게 적는다. 그 역시 그런 희망이란 없다며 냉소할 수도 있다는 것을 알 것이다. 하지만 그는 그보다 어떤 자리를 현실의 바닥으로 영원히 고정시킬 권리란 누구에게도 없다는 진실을 더 지지할 것이다. 바닥을 자세하게 바라보고, 거기에 귀를 기울여보고, 그곳을 손바닥으로 어루만져보는 것도 다 그 때문이다. 시인은 "더 낮은 바닥"을 반복하는 "느린 노래가 지나가는

길"(「느린 노래가 지나가는 길」)이 하나의 줄기가 되어 꽃을 피워올릴 때까지 "한 획 붓질의 노동"(「붓자국」)을 멈추지 않는다. 이 행위는 다른 말을 덧붙이기가 무색할 정도로 올바르다. 희망이란 행위 이전에 존재하는 무엇이 아니라 행위 속에서 발견되는 무엇이 아니겠는가. 그러니까 그 구체적인 움직임만이 사람들로 하여금 "오늘 아침"이라는 생생한 현재와 맞닥뜨리게 하고, 거기에 '도'라는 조사를 붙여 "환하게 일어"날 가능성의 지속을 꿈꾸게 한다는 말이다. 하지만 그렇다고 해서 그가 늘 희미한 희망의 가능성을 발견해주길 기대해서는 안된다.

시인은 희망 못지않게 현실의 무자비함 역시 가감없이 다룬다. 가령, 「거품」에서 익사체가 되어 생을 마감한 노동자의 생을 그릴 때가 그렇다. 이 시에서 시인은 자살한 노동자가 죽음에 이르러서야 현실에서의 괴로움에서 벗어나 평온을 얻었다는 듯 "살아 있는 동안 거품을 물고 살았던 이의 자국이 물결에 스윽 지워지고 있다"라고 말한다. 고층빌딩 작업장에서 아슬아슬하게 걸어가는 노동자의 발걸음을 그린 「검은 발자국 한 켤레」와 불치병을 앓는 자식의 아픔을 달래줄 수 없는 고통에 우는 아버지의 울음을 기록한 「아프지 않아요—구름」 또한 같은 맥락에서 읽을 수 있다. 이 시집을 읽으며 반짝이는 희망의 파편들에 눈이 부셨던 이라면 저 희망 없는 비참한 풍경들에 대해 시인에게 질문

하고 싶은 욕망을 느낄 수도 있다. 그렇다면 시인은 어떻게 답할까. 아마도 그는 "더 낮은 바닥에서 흘러나오는 눈물을 따라서 굴러"갔을 뿐이라고 건조하게 답하지 않을까. 오해하지 말아야 한다. 이기인은 단순히 희망을 설파하려는 것이 아니라 현실 속에서 구체적인 고통을 경유하는 현재적 희망을 발견하려는 것이다. 그러므로 시인의 시선이 때로 비참한 고통의 현장에 머무는 것은 자연스럽다. 아직 희망이 없을 때조차 그의 언어는 고통을 망각하지 않은 채 희망을 기억하며 강건하다.

*

사거리 한적한 귀퉁이에서 돌가루를 뒤집어쓴 돌
　돌부처와 돌예수와 돌사자와 돌코끼리와 돌소녀가 한 반의 아이들처럼 놀고 있다

　울타리가 없는 석재상 마당은 절이었다가 교회였다가 아프리카 들녘이었다가 수줍은 소녀가 사는 외딴집으로 변한다

　한 반의 아이들이 지키고 있는 돌 부스러기는 염주와 묵주와 털과 상아와 젖가슴이 되지 못하고 빛의 산란을

일으킨다

　콜록콜록 돌 깎는 사람이 오래된 기침을 하면서 한 반
의 아이들에게 오래된 천식을 가르친다
　오래 입은 옷이 해지는 것을 가르치고 그 옷을 기워입
는 것을 가르친다

　작은 돌에서 더 조그맣게 떨어져나온 돌을 오래오래
보는 눈빛을 가르친다
　아픈 몸을 끌고 가면서도 가끔은 되돌아보는 눈빛을
가르친다

―「돌 깎는 사람」 전문

이 시집에서 가장 아름다운 시편들 중 하나를 자세히 뜯
어읽는 것으로 글을 마무리하자.
시적인 분위기를 노린 어긋난 말에 기대지 않고도 특별
한 시적 순간을 기록하는 시들이 있는데, 이 시가 그렇다.
담담한 묘사와 평이한 진술로 이루어져 있지만 이 시가 만
들어내는 독특한 분위기의 자장에서 오랫동안 헤어나기 어
렵다. 익숙하고 자연스러운 것 속에서 미처 보지 못했던 것
을 발견해내는 게 예술의 직능이라는 모범답안 같은 구절
을 새삼스럽게 다시 떠올리게도 된다.

1연의 표현은 극히 사실적이다. 석재상 앞을 한번이라도 지나가본 적이 있는 이라면 저 풍경은 무척 익숙할 것이다. 시인은 다만 석상들이 어우러져 놀고 있다는 말을 덧붙임으로써 그의 시가 꿈꾸는 평등한 세계를 감각하게 할 뿐이다. 2연은 1연의 서술이 이끈 당연한 부연이지만, 이 당연함 속에 시인의 중요한 사유가 담겨 있다. 2연은 인간이 만들어놓은 개념과 구획이 얼마나 허술한 것인지를, 그리고 우리의 삶의 공간이란 늘 어떤 질적 변환이 가능한 곳이라는 진실을 은연중에 말한다. 그가 늘 현실의 바닥으로 찾아들어 시를 쓰는 이유가 바로 이러한 질적 변환의 가능성을 길어올리려는 시도와 관련이 있을 것이다.

3연에는 이번 시집을 관통하는 시인의 곡진한 마음과 그 마음이 종종 발견하는 희망의 조각들이 잘 드러난다. 석상들이 지키고 있는 것이 '돌 부스러기'라는 말은 소외되고 상처받은 자들의 자리를 돌보며 거기에서 뜻밖의 희망의 빛을 발견하려는 시인의 태도를 상기시킨다. 아직 뚜렷한 형태를 얻지는 못했지만, 그 파편성으로 인해 빛을 '산란' 시킬 수 있는 돌 부스러기들의 모습 또한 시인이 발견하는 희망의 조각들과 닮아 있다.

4연과 5연의 '가르침'은 특별히 오래 기억할 필요가 있다. "오래 입은 옷이 해지는 것을 가르치고 그 옷을 기워입는 것을 가르친다"라는 구절은 이 시집에서 가장 빛나는 말

중 하나일 것이다. 평범한 말인 듯하나 쉽게 쓸 수 있는 말은 결코 아니다. 아마도 기댈 것 하나 없는 척박한 삶 속에서 오랫동안 더 나은 미래를 고민한 자만이 겨우 적어낼 수 있는 구절일 것이다. 그렇기 때문에 저렇게 소박하면서도 진솔할 것이다. 오래 입은 옷이 해지는 것은 어쩔 수 없는 운명이고, 시간의 구속을 초월할 수 없는 인간의 삶은 늘 어느정도의 남루함을 지닐 수밖에 없다. 하지만 이 남루함이 체념을 부르지만은 않는다. 오히려 그것은 해진 옷을 기워입는 것처럼 주어진 조건 안에서 스스로 작은 변화를 이끌어내려는 결단과 실천을 불러오기도 한다. 대단할 것 없는 저 결단과 실천이 희망의 씨앗이고 줄기다. 무기력과 냉소를 조장하는 현실 속에서 시인은 "오래오래" 저 희망의 씨앗과 줄기를 돌본다. 시인은 그렇게 남루한 희망을 깁고 또 깁는다.

宋鐘元 | 문학평론가

아이의 가슴에서 새어나오는 악당의 이야기를 꺼내놓은 첫째 날. 아이의 가슴을 열었다 닫아놓은 이의 걸음을 쫓아온 수련의가 피곤한 눈꺼풀을 잊은 채로 말했었다. "이렇게 잘 꿰매진 상처는 처음이에요." 어떤 오후의 햇살은 너무 환해서 내가 보는 상처가 잘 보이지 않았다. 나는 오랫동안 투명한 심장소리를 들으면서, 쉬지 않고 달리는 기차의 내부에 실려 있는 덜컹거리는 것들의 기분이었다. 그러면서 멀리 있는 바깥풍경을 동경한 것 같다. 시퍼런 날을 감춘 칼등처럼 어떤 풍경은 휘어져 있었다. 보이지 않는 것을 사랑하지 않으면 안되는 시간이 있었고 흐트러진 얼굴들이 나를 빠르게 스쳐지나가는 것을 붙잡으려고 했던 것 같다. 그 기차의 내부에서 삶은 달걀을 먹을 때처럼 목이 메어서 가슴을 치는 날도 있었다. 흔들리면서 곤궁과 고뇌를 겪으면서 한줌 시를 소망했다. 그것을 내 삶의 언저리에 소금알갱이처럼 조금 흘려놓았다. 나뭇가지가 나뭇가지의 새 눈매를 바라보듯이 나는 분발하는 자세를 가져야 할 것이다. 내 나뭇가지의 햇발 속으로 이름 모를 새 한 마리 날아와 소란스럽게 울다 가도 좋으리라.

2010년 6월
이기인

창비시선 316

어깨 위로 떨어지는 편지

초판 1쇄 발행 / 2010년 6월 18일
초판 4쇄 발행 / 2015년 12월 8일

지은이 / 이기인
펴낸이 / 강일우
책임편집 / 이상술 전성이
펴낸곳 / (주)창비
등록 / 1986년 8월 5일 제85호
주소 / 10881 경기도 파주시 회동길 184
전화 / 031-955-3333
팩시밀리 / 영업 031-955-3399 편집 031-955-3400
홈페이지 / www.changbi.com
전자우편 / lit@changbi.com

ⓒ 이기인 2010
ISBN 978-89-364-2316-2 03810

* 이 책은 한국문화예술위원회의 2008년도 문예진흥기금을 받았습니다.
* 이 책 내용의 전부 또는 일부를 재사용하려면
  반드시 저작권자와 창비 양측의 동의를 받아야 합니다.
* 책값은 뒤표지에 표시되어 있습니다.